憧れのホメロス

憧れのホメロス

ローマ恋愛エレゲイア詩人の叙事詩観

日向太郎 著

知泉書館

は し が き

　まずは，本書の副題に用いた「叙事詩」と「恋愛エレゲイア詩」について，一言説明しておきたい。

　本書で言うところの「叙事詩」とは，ダクテュロス・ヘクサメトロスと呼ばれる韻律で構成される韻文のうち，国家の歴史（とりわけ戦記），英雄譚，神々の系譜などを主題とする文芸作品を想定している。それは，プロペルティウスやオウィディウスが自作のなかで言及する叙事詩像とも一致しているように思われる。

　代表例としては，何よりもホメロス作品である。加えてヘシオドスの作品，エンニウス『年代記』（断片的に伝わり，断片集が編まれている），ウェルギリウス『アエネイス』，そしてオウィディウスの『変身物語』などである。

　一方「エレゲイア詩」は，奇数行はダクテュロス・ヘクサメトロス，偶数行はペンタメトロスによって構成される。叙事詩が古代ギリシア・ローマの文学の本流であるのに対し，こちらは傍流といえるかも知れない。ギリシアの詩人で言えば，アルキロコス，ソロン，テオグニス，加えてカッリマコスもエレゲイア詩を残している。その内容は，公共的性格の強い叙事詩とは異なり，本来は個人的な人生訓，倫理観，価値観などの主張である。強い感情の表出を伴うこともある。個人的とはいっても，普遍性を持たないわけではない。

　ローマにおいては，エレゲイアは主に個人の恋愛感情，恋愛体験を歌うのに適した詩形として用いられた。紀元前1世紀に生まれたカトゥッルス，プロペルティウス，ティブッルス，オウィディウスが代表的な詩人である。彼らの作品には同性愛を扱う歌もないわけではないが，大半の歌は異性との恋を主題とする。

　ギリシア・ラテンの韻律は，長音節と短音節の規則的配列に拠っている。ダクテュロス・ヘクサメトロスの場合は，「長短短（ダクテュロス）」

の単位（脚）が6回（ギリシア語で6は「ヘクサ」という）繰り返されたもので1行を構成する。なお，各脚は「長」に続く「短短」の代わりに「長」一つが充てられて「長長（スポンダイオス）」になることもある。ただし行末に来る第6脚のみは「長短」もしくは「長長」となる。図式的に表せば，以下の通りである。

長短短 長短短 長短短 長短短 長短短 長短 （もしくは 長長）

　他方，エレゲイア詩の場合は，奇数行については叙事詩と同じである。偶数行については前半「長短短」が2回繰り返されて長が続き，後半も「長短短」が2回繰り返された後「長」で締めくくられる。前半の「長短短」は「長長」に置き換えられることもある。2脚半が2回ということで，都合5脚とされ，ペンタメトロス（ギリシア語で5は「ペンタ」という）とされているのである。序論でも指摘するように，オウィディウスが，エレゲイア詩は叙事詩に比べて脚が1本足りないと歌う所以である。また，2行1組で意味的なまとまりを帯びることが多い。図式的に表せば以下の通りである。

長短短 長短短 長短短 長短短 長短短 長短 （もしくは 長長）
長短短 長短短 長 長短短 長短短 長

　なお，西洋古典の韻律の基本書としては，以下の書を推奨しておきたい。逸身喜一郎『ギリシャ・ラテン文学──韻文の系譜をたどる15章』研究社，2018.

＊　＊　＊

　本書は，2010年から2018年のあいだに，学会誌，所属する機関の紀要，記念論文集に発表した古代ローマ恋愛エレゲイア詩人プロペルティウス，オウィディウスについての考察を中心に7編を選んでまとめたものである。各章の初出は以下の通りである。

　1　「プロペルティウスとホメロス」，『慶應義塾大学言語文化研究

はしがき　　vii

所紀要』45（2014），125–140.

2　「キュンティアの亡霊——プロペルティウス第 4 巻第 7 歌」，『西
　　洋古典学研究』62（2014），65–77.

3　「帰ってきたキュンティア——プロペルティウス第 4 巻第 8 歌」，
　　『言語・情報・テクスト』（東京大学大学院総合文化研究科言語情
　　報科学専攻紀要）20（2013），13–26.

4　「ティブッルスとプロペルティウス——ティブッルス第 1 巻第 8
　　歌におけるプロペルティウスへの言及」，『言語・情報・テクス
　　ト』24（2017），15–26.

5　「シビュッラとアエネアス——オウィディウス『変身物語』第
　　14 巻 120–153 についての一考察」，『言語・情報・テクスト』
　　18（2011），1–14.

6　「梟と鹿——オウィディウス『変身物語』第 11 巻 24–27 行の直
　　喩について」，大芝芳弘，小池登編『西洋古典学の明日へ——
　　逸身喜一郎教授退職記念論文集』，知泉書館，2010，151–165.

7　「プロペルティウスとペトラルカ——二人の恋愛詩人の接点を
　　めぐって」，『西洋古典学研究』66（2018），73–84.

　各章とも，引用文に適宜翻訳を加えた他，発表後に刊行された新しい
文献の記述を踏まえて加筆・修正を行った。また序論および結論は，本
書のための書き下ろしである。

　論文集であることを考慮して，各章で引用した著書，論文は巻末の参
考文献一覧に一括してまとめた。本文中では引用文献は著者名と発表年
の組み合わせで表記する。同一著者が同一年に複数の文献を発表してい
る場合は，a，b などアルファベットを年のあとに付け加えて区別した。

　人物名，地名などの固有名詞のカタカナ表記は，音引き省略を原則と
した。このため，初出時と異なる表記を採用する場合もある。また，慣
用から音引きを残した例も若干ある（ローマ，テーバイ，ユノーなど）。

目　次

───────────

はしがき……………………………………………………………… v

序　論 ………………………………………………………………… 3
　はじめに ………………………………………………………… 3
　1　詩聖ホメロス ……………………………………………… 4
　2　叙事詩創作の辞退 recusatio ……………………………… 5
　3　プロペルティウスの recusatio …………………………… 6
　4　ティブッルスの recusatio ………………………………… 14
　5　オウィディウスの叙事詩についての意識………………… 16
　6　ペトラルカ ………………………………………………… 17

第 1 章　プロペルティウスとホメロス …………………………… 19
　はじめに ………………………………………………………… 19
　1　叙事詩人ポンティクスへの詩（1.7, 1.9）………………… 22
　2　ホメロス叙事詩における恋愛 ……………………………… 25
　3　ホメロス叙事詩の翻案（4.7, 4.8）……………………… 28
　まと　め ………………………………………………………… 32

第 2 章　キュンティアの亡霊──プロペルティウス第 4 巻第 7 歌 ……… 35
　はじめに ………………………………………………………… 35
　1　pelle か pone か（4.7.79）………………………………… 36
　2　プロペルティウスの背信 …………………………………… 39
　3　王国の崩壊 …………………………………………………… 44
　4　高潔なキュンティア ………………………………………… 47
　まと　め ………………………………………………………… 51

x   目　　次

第3章　帰ってきたキュンティア──プロペルティウス第4巻第8歌
　……………………………………………………………………………………53
　はじめに………………………………………………………………………53
　1　キュンティアのラヌウィウムへの遠乗り（4.8.1–26）………………58
　2　興ざめの宴（4.8.27–48）………………………………………………62
　3　キュンティアの乱入と君臨（4.8.49–88）……………………………65
　ま と め………………………………………………………………………69

第4章　ティブッルスとプロペルティウス──ティブッルス第1巻
　　　　第8歌に込められたプロペルティウスへの言及………………73
　1　ティブッルスの叙述手法…………………………………………………73
　2　ティブッルス第1巻とプロペルティウス第1巻………………………76
　　2.1　Tib. 1 と Prop. 1 の成立年代…………………………………… 76
　　2.2　Tib. 1.8 と Prop. 1.9………………………………………………77
　3　Tib. 1.8 と Prop. 1 との響き合い………………………………………80
　　3.1　魔術への言及…………………………………………………………80
　　3.2　富に勝る恋の喜び……………………………………………………83
　　3.3　ウェヌスの加護………………………………………………………84
　　3.4　「命短し恋せよ乙女」…………………………………………………85
　　3.5　マラトゥスの嘆き……………………………………………………86
　ま と め………………………………………………………………………88

第5章　シビュッラとアエネアス──オウィディウス『変身物語』
　　　　第14巻 120-153…………………………………………………91
　はじめに………………………………………………………………………91
　1　状況設定……………………………………………………………………93
　2　アエネアスとシビュッラの対話…………………………………………94
　3　シビュッラの嘆き………………………………………………………100
　4　1000 年の歳月……………………………………………………………105
　ま と め………………………………………………………………………109

目　次　　xi

第6章　梟と鹿——オウィディウス『変身物語』第11巻24-27行の直喩
　　……………………………………………………………………………111
　はじめに ……………………………………………………………………111
　1　ウェルギリウスとオウィディウス…………………………………112
　2　梟と鹿の直喩 …………………………………………………………114
　3　オルペウスとオウィディウス ………………………………………120
　4　古代ローマの作家と劇場 ……………………………………………121
　ま と め ……………………………………………………………………124

第7章　プロペルティウスとペトラルカ——二人の恋愛詩人の接点を
　　　　めぐって ……………………………………………………………127
　はじめに ……………………………………………………………………127
　1　詩的題材としてのキュンティアとラウラ，詩論との関わり……131
　2　夢のなかに現れる恋人 ………………………………………………134
　3　ペトラルカの創作手法 ………………………………………………140
　ま と め ……………………………………………………………………142

結　論 …………………………………………………………………………143

あとがき ………………………………………………………………………149
文献一覧 ………………………………………………………………………151
固有名詞索引 …………………………………………………………………157
事項索引 ………………………………………………………………………162
引用箇所索引 …………………………………………………………………163
欧文目次・要約 ………………………………………………………………171

憧れのホメロス

——ローマ恋愛エレゲイア詩人の叙事詩観——

序　　論

は じ め に

　本書は，古代ローマの共和政末期から元首政初期にかけて活躍し
た恋愛エレゲイア詩人，プロペルティウス Propertius，ティブッルス
Tibullus，オウィディウス Ovidius の三人を主に取り上げる。さらに，
プロペルティウスに関連して，ペトラルカ Petrarca の恋愛詩についても
少し述べることにする。古代ローマの文学の諸ジャンルが先行するギリ
シア文学を概ね模倣するものであることはよく知られているが，恋愛エ
レゲイア詩と称されるジャンルにはギリシア文学において緊密に対応す
るものがない。そのような意味においては，ラテン文学のなかでもっ
とも創造的なジャンルと言えるかも知れない。ただし，恋愛エレゲイア
詩が誕生し，隆盛し，そして衰退するのはたかだか共和政末期，元首
政初期の 60 年程度の短期間である。それ以後，先駆的なカトゥッルス
Catullus や上記三人の作品に匹敵するような，また我々の記憶に残るよ
うな傑作は生まれなかった[1]。では，何故この 60 年なのだろうか。この
問いに答えることが，恋愛エレゲイア詩研究の究極目標である。ただ，
その目標に到達する前段階として，このジャンルが叙事詩とのある種
の緊張関係によって成り立っていたことを解明する必要があると思われ
る。本書の目的は，プロペルティウス，ティブッルス，オウィディウス
が抱いていたと思われる叙事詩についての意識を具体的に跡付け，そこ
から窺い知ることのできる古代ローマの文学の動向を明示することであ

---

　1)　この他，ほぼ同時期にエレゲイア詩によって自らの恋愛を歌った詩人としてガッル
スが有名であるが，彼の作品は残っていない。

4   序　　論

る。

1　詩聖ホメロス

　オウィディウスは，自叙伝的な『悲しみの歌』第 4 巻第 10 歌におい
て，自身が詩人になるべくしてなったことを以下のように告白してい
る。

　　　saepe pater dixit: "studium quid inutile temptas?
　　　　　Maeonides nullas ipse reliquit opes."
　　　motus eram dictis, totoque Helicone relicto
　　　　　scribere temptabam verba soluta modis.
　　　sponte sua carmen numeros veniebat ad aptos,
　　　　　et quod temptabam scribere versus erat.　　　(Ov. *Trist.* 4.10.21–26)
　　　（しばしば父は言った。「どうして役に立たない勉強を試みるのだ。
　　　マエオニア生まれの人は何ら富を遺すことはなかった。」私はこの
　　　言葉に動かされたのだった。ヘリコンをすっかり後にして，韻律か
　　　ら解き放たれた言葉を書こうとしたものだ。だが，それは自ずから
　　　歌として，韻律に収まってしまった。私が書こうとしたものは詩に
　　　なったのだ。）

　「マエオニア生まれの人（ホメロス Homerus）」は詩人の代名詞であり，
最高の詩人である。それはギリシア人にとってのみならず，ローマ人に
とってもそうだった。詩作を志す人には，憧れの存在である。しかしだ
からといって，皆ホメロスになれるわけではない。いやむしろ，なろう
と試みれば（あるいは試みていると見なされれば），しばしば批判や揶揄
の対象にもなった。ホメロスは偉大で尊敬されたが，その亜流は軽蔑さ
れた。
　古代ローマにおいては，叙事詩創作が試みられた一方で，叙事詩忌避
の傾向もあった。いわゆるカッリマコス主義の影響である。ヘレニズ
ム文学を代表するカッリマコス Callimachus は大規模な叙事詩の創作を

戒め，手垢にまみれていない新奇な素材，小さくとも洗練された詩を奨励した。そのような創作理念を自作において表明したのである。もちろんヘレニズム時代にも叙事詩は作られなかったわけではなく，アポッロニオス Apollonius の『アルゴナウティカ Argonautica』のような例もあるが，これもカッリマコスから批判されたようである。アポッロニオスは当初カッリマコスの弟子だったが，まだ若い頃にこの叙事詩を公けにして批判を受けると，アレクサンドレイア市民に対する羞恥の念，また他の詩人からの非難や攻撃に耐えかねて都落ちした。ロドス島に移住して，自作の彫心鏤骨に励んだのちに，再び発表し，今度は高名を博したという[2]。

　『アルゴナウティカ』の古註の伝えているこのような故事が——史実を反映しているか否かにかかわらず——風説として流布していたとすれば，それはローマの詩人たちのあいだに叙事詩を自粛する傾向を作り出すことにもなっただろう。ラテン文学において，カッリマコスの権威と影響は絶大だった。不思議なことに，エンニウスの歴史叙事詩『年代記 Annales』にもカッリマコスの影響は認められる[3]。カッリマコスがローマのホメロスを自任するエンニウスのこの作品を知ったならば，きっと厳しく批判したことだろう。

2　叙事詩創作の辞退 recusatio

　他方で，カッリマコスの創作理念を踏まえて，叙事詩創作辞退を表明する詩（recusatio）も作られた。もっともよく知られている例の一つとして，まずはウェルギリウスの『牧歌』第 6 歌が挙げられる。

cum canerem reges et proelia, Cynthius aurem
vellit et admonuit: "pastorem, Tityre, pinguis
pascere oportet ovis, deductum dicere carmen".
nunc ego (namque super tibi erunt qui dicere laudes,

---

2)　Cf. Wendel 1958, 1–2 (Prolegomena a–b).

3)　Skutsch 1985, 8.

Vare, tuas cupiant et tristia condere bella)

agrestem tenui meditabor harundine Musam:

non iniussa cano.　　　　　　　　　　　　　　　　（Verg. *Buc.* 6.3–9）

（私が王と戦争とを歌っているとき，キュンティウス（アポッロ）は私の耳を引っ張り，忠告を加えた。「ティテュルスよ，羊飼いは，羊を太らせ，歌を細かく紡いで歌うべし。」今や，私は（それというのも，ウァルスよ，君の賞賛を述べ，つらい戦争を歌おうと望むような人は他にもいるだろうから）か細い葦笛で，野の歌を奏でることにした。命ぜられていないことを，私は歌わない。）

「王と戦争」とは，叙事詩的な題材である。牧童ティテュルスが叙事詩を構想し，これを歌おうとしたところをアポッロに諌められた。この一節は，カッリマコスの『アイティア』冒頭の詩行を踏まえている。カッリマコスは，「何千もの行で諸王（の功績）を讃える一続きの詩歌を創ることがなかった」という理由から[4)]，敵対する詩人テルキネス Telchines によって批判されたことをまず冒頭で口にしている。また，「ティテュルスよ，羊飼いは，羊を太らせ，歌を細かく紡いで歌うべし」というアポッロの言葉は，カッリマコスが膝に書板を置いて詩を書き始めようとすると，やはりアポッロが「犠牲獣はできるだけ肥え太らせ，ムーサ（歌）は細くするがよい」と命じたというこれまた有名な一節[5)]を踏まえている。

3　プロペルティウスの recusatio

　プロペルティウスも，類似した recusatio を創っている。彼は，夢のなかで叙事詩を創作しようと試みた際に，アポッロに戒められたという

---

　4)　εἵνεκεν οὐχ ἓν ἄεισμα διηνεκὲς ἢ βασιλ[η/ ......]ας ἐν πολλαῖς ἤνυσα χιλιάσιν (Callim. *Aet.* fr.1.2–3)

　5)　καὶ γὰρ ὅτε πρώτιστον ἐμοῖς ἐπὶ δέλτον ἔθηκα/ γούνασιν, Ἀ[πό]λλων εἶπεν ὅ μοι Λύκιος·/ '........]...ἀοιδέ, τὸ μὲν θύος ὅττι πάχιστον/ θρέψαι, τὴ]ν Μοῦσαν δ' ὠγαθὲ λεπταλέην·(Callim. *Aet.* fr.1.21–24)

経験を語っている（第3巻第3歌）。

> Visus eram molli recubans Heliconis in umbra,
>> Bellerophontei qua fluit umor equi,
> reges, Alba, tuos et regum facta tuorum,
>> tantum operis, nervis hiscere posse meis;
> parvaque iam magnis admoram fontibus ora
>> (unde pater sitiens Ennius ante bibit,
> et cecinit Curios fratres et Horatia pila,
>> regiaque Aemilia vecta tropaea rate,
> victricisque moras Fabii pugnamque sinistram
>> Cannensem et versos ad pia vota deos,
> Hannibalemque Lares Romana sede fugantis,
>> anseris et tutum voce fuisse Iovem),
> cum me Castalia speculans ex arbore Phoebus
>> sic ait aurata nixus ad antra lyra:
> "quid tibi cum tali, demens, est flumine? quis te
>> carminis heroi tangere iussit opus?
> non hic ulla tibi sperandast fama, Properti:
>> mollia sunt parvis prata terenda rotis;
> ut tuus in scamno iactetur saepe libellus,
>> quem legat exspectans sola puella virum.
> cur tua praescriptos evectast pagina gyros?
>> non est ingenii cumba gravanda tui.
> alter remus aquas alter tibi radat harenas,
>> tutus eris: medio maxima turba marist."　　　　(Prop. 3.3.1–24)

（私は夢を見ていた。ベッレロポンの馬（ペガソス）の泉が流れ出す場所，ヘリコン山のやわらかい木陰に横たわり，アルバよ，あなたの王たちとその王たちの手柄，つまりは偉大な事績を，私の弦を用いつつ歌うことができるような気になっており，かくも大きな泉に小さな口を近づけたところであった。その泉からはかつて父なるエンニウスが，渇きを覚えて水を飲んだ。そして彼は歌った，クリ

イの兄弟たちとホラティイの槍を，アエミリウスの船に乗せられた
王の戦利品を，ファビウスの勝利の逡巡とカンナエの不吉な戦いと
敬虔な祈りに振り向いた神々を，ハンニバルとローマの家から逃げ
出すラレスを，そして鵞鳥の声によってユッピテル［の神殿］が守
られたことを。口を近づけると，カスタリアの樹木から見ていたポ
エブスは，洞穴のそばで黄金の竪琴にもたれ掛かりながらこう言っ
た。「そのような流れに，気の触れたものよ，お前は何の用がある
のだ。誰がお前に英雄の歌の労作に手を染めることを命じたのか。
プロペルティウスよ，ここでお前は名声を望んではならないぞ。柔
らかい野は，小さな車輪によって轍をつけられるべきである。お前
のささやかな本が，恋人を待つ孤独な乙女に読まれ，しばしば腰掛
けの上に置かれることになるように。なぜお前のページは定められ
た走路を外れてしまったのか。お前の才能の小舟には，重みをかけ
てはならない。お前の一方の櫂が海を，もう一方の櫂が砂地をかす
めるようにせよ。お前は安全だ。海の真中にはとてつもなく大きな
嵐があるぞ。」）

　エンニウスは，ヘリコン山の泉を口にして叙事詩『年代記』を創作し
た。プロペルティウスは夢のなかで，彼に倣って同じ泉から詩的霊感に
与ろうとする。彼が歌おうとしている題材は，ローマの母胎となった
都市国家アルバ・ロンガの王たちやその事績であるから，『年代記』の
ような歴史叙事詩の創作を手掛けていたことになる。プロペルティウス
は，エンニウスの作品を，その名場面を挙げながらなぞっている。とこ
ろが，プロペルティウスが泉に口をつけるや否や，アポッロは彼に呼び
かけて制止する。神は，「誰がお前に英雄の歌の労作に手を染めること
を命じたのか」と叱責する。これはウェルギリウス『牧歌』第6歌に
おいて戒められたティテュルスの決意「命ぜられていないことを，私は
歌わない」と響き合う表現だろう。車が地面に付ける轍の暗喩は，『ア
イティア』にも認められる。アポッロは，カッリマコスに「人の通わぬ
道」を進むことを説いたように，プロペルティウスには「（人に踏みしだ
かれたことのない）柔らかい野」を「（恋愛エレゲイア詩の）小さな車輪に
よって轍をつけ」ることを推奨している。このような教えに引き続き，

3　プロペルティウスの recusatio　　　9

プロペルティウスは，アポッロの導きによって今まで誰も通ったことが
ない道を歩み，とある洞窟へたどり着く。そこで詩神の一人，カッリオ
ペと思しき女神から今後戦争を主題とするような叙事詩を歌うことを改
めて禁じられ，恋愛詩に専念するように諭される。

　本書の第 2 章においても後述するように，プロペルティウスはすでに
第 2 巻第 1 歌（以降 2.1 などと表示する）で叙事詩創作を辞退している。

Quaeritis, unde mihi totiens scribantur amores,
　　unde meus veniat mollis in ore liber.
non haec Calliope, non haec mihi cantat Apollo.
　　ingenium nobis ipsa puella facit.　　　　　　　（Prop. 2.1.1-4）
（君たちは尋ねる，何を源泉としてこれほどの数の愛を書き，何を
源泉として軟弱な私の本は人々の口に上るのかと。これを私に歌う
のはカッリオペではなく，アポッロでもない。恋人こそが私に資質
を与えてくれる。）

　2.1 も 3.3 と同様，自身の才能が壮大な叙事詩に向いていないことを
公言する点では共通する。しかし，Fedeli が指摘するように[6]，2.1 では
上述した 3.3 とは対照的に，カッリオペもアポッロも恋愛詩創作とは無
関係であり，恋人キュンティアが詩的霊感を与えてくれるのだと豪語し
て憚らない。一方，詩人は第 3 巻においても相変わらず恋愛を題材と
するものであることを宣言しながら，キュンティアが創作に関与する度
合いは減じて行くように思われる。また彼はアポッロから止められたと
はいえ，ヘリコンの水を飲もうと夢見た。2.1 においては，最初から最
後まで恋愛詩創作が力強く宣言されていた。ところが，3.3 においては
一瞬叙事詩を志向するような揺らぎを示している。

　2.1 から 3.3 へと創作を継続しているあいだに，プロペルティウスの
叙事詩に対する態度は微妙に変化しているようにも思われる。もっとも
2.1 と 3.3 のあいだにも，実は 2.10 という recusatio が存在する。2.10 に
おいては，プロペルティウスは「さて，ヘリコンを新たな合唱隊によっ

---

　6)　Fedeli 1985, 112.

て清めるときであり，今やハエモニアの馬に野を駆けさせるときである。今や勇敢な軍勢を戦いにおいて歌い，我が指揮官のローマの陣営を歌うことが望ましい」（1-4）などと勇ましく歌い，創作方針の転換と叙事詩的主題への積極的な関与を表明している。その後も東方世界がローマの軍事的威光に恐れおののく様子が歌われ（13-18），叙事詩の創作意欲がかなり高まっているようにも見える。しかしその一方で，「だがもし力不足でも，定めし大胆さは称賛の的になろう。偉大なることにあっては，望んだことですら十分である」（5-6）という自らに言い聞かせるような格言風の発言は，この叙事詩への志向が見せかけであることをただちに匂わせ，最後の2行は，それを決定的なものとして示す。

nondum etiam Ascraeos norunt mea carmina fontis,
　　sed modo Permessi flumine lavit Amor.　　　　（Prop. 2.10.25 26）
（未だなお我が歌はアスクラの泉を知らず，愛神はただこの歌をペルメッソスの河に浸すのみである。）

　ここで詩人は，おそらく自身の才能や力量が叙事詩に適していないことを，自覚的に語っている。大仰とも思われる武勇礼讃の志向は，彼一流の道化師的な演技である。それは3.3とは異なり，アポッロによる制止も必要としない。
　第3巻では，3.3の他3.9によっても叙事詩辞退の意思を表明する。プロペルティウスは，自らの庇護者マエケナスに呼びかけ，自身の才能がいかに叙事詩に向いていないかを力説する。「どうして私をかくなる執筆の大海へと送り出すのか。大きな帆は私の船には合わない」（3.9.3-4）は詩作を航海に譬えた表現であり，3.3.22-24とも共通し，アポッロの戒め，「お前の才能の小舟には，重みをかけてはならない」とも響き合っている。実際，柄にも合わないことを引き受けることはできないし，各々の芸術家は独自の得意分野において成功を実現する。詩人は，リュシッポス，カラミス，アペッレス，パッラシオス，ミュス，ペイディアス，プラクシテレスといった古代ギリシアの美術家を次々と挙げて，このことを例証する。ここに，まさしくプロペルティウスの面目躍如を見ることができる。

しかし，3.9 の彼の叙事詩辞退は一筋縄では行かない。3.9.21 では，at tua Maecenas と切り出し，他方でマエケナスが政治的才能や軍事的才能を秘め，より大きな財産を得る可能性があるのに，才能をあえて発揮せず，巨万の富を求めないことに触れている。能ある鷹は爪を隠す。この生き方を模倣しているのだ，と彼は言うのである（3.9.21-34）。

その後，プロペルティウスは，再び「私は，帆を上げる船で波の高い海を切り進まない。私の揺曳は，小さな波のあいだでのみ安全なのである」（3.9.35-36）と叙事詩辞退を仄めかす航海の比喩に立ち返る。テーバイの攻防，トロイアの攻防，ギリシア方の大将の帰国などの叙事詩的主題を列挙し，これを自身が引き受けないことを宣言する。そして，第3巻の最初の複数の歌でも唱えているように，カッリマコスおよびピリタスの創作理念を守ることが，そして，恋愛詩人として若い男女から崇敬の念をもって迎えられることが自分の望みであることを宣言している。

> inter Callimachi sat erit placuisse libellos
> 　et cecinisse modis, Coe poeta, tuis.
> haec urant pueros, haec urant scripta puellas
> 　meque deum clament et mihi sacra ferant!　　（Prop. 3.9.43-46）
> （カッリマコスの本のあいだで喜ばれ，また，コース島の詩人よ，あなたの韻律で歌うことができれば，それで私は満足ということになろう。この作品が若人を，この作品が乙女をば熱くたぎらせ，私を神と叫んで礼讃し，私に供物を齎しますよう。）

しかし，詩人はここでも recusatio を終わらせない。再びマエケナスに呼びかけて「君を導き手とすれば（te duce）」と切り出し（47），自身が叙事詩に取り組む可能性にも触れている。彼は，巨人族とオリュンポスの神々とのたたかいすら歌おうとしている。さらには，太古のパラティウム，ロムルスとレムスの誕生と彼らの争いといったローマ建国史も構想している。これらに加えて，「ローマの武器によって破られたペルシウムの砦を，自害を企てたアントニウスの冷酷な手を」歌うことも志している。しかし，最終的にはやはり恋愛エレゲイア詩の創作を継続

することについて，庇護者の承認を求めているように思われる[7]。

> mollia tu coeptae fautor cape lora iuventae,
>> dexteraque immissis da mihi signa rotis.
> hoc mihi, Maecenas, laudis concedis, et a te est
>> quod ferar in partis ipse fuisse tuas.　　　　　（Prop. 3.9.57-60）

（君は，始まったばかりの我が青春を支援する者として，柔らかい手綱を手に取るがよい。疾走の自由を与えられた我が車に幸先のよいしるしを与えよ。マエケナスよ，この誉れを我に与えよ。私が君の陣営に与ったと人に言われるようになるとすれば，それは，君次第なのだよ。）

　「始まったばかりの我が青春」とは恋愛エレゲイア詩を意味し，「柔らかい mollia」は「柔軟な」や「緩い」といった意味の他，この文芸ジャンルの特質ともいうべき「柔らかさ」をも表現しているのだろう。
　3.9 における心の揺れ動きを，いかに解するべきだろうか。3.3 で大きな泉に小さな口をつけようとする自己の描写には，自身を戯画化するような滑稽味が感ぜられる。さらに，Heyworth が指摘するように[8]，umor equi（3.3.2）に「馬の尿」の含意があるとすれば，プロペルティウスの道化師ぶりは読み手の失笑をかき立てるだろう。他方，3.9 にはそのような笑いの余地がなくなっているように思われる。3.9.57-60 を見る限り，詩人は恋愛エレゲイア詩の創作の了承をマエケナスに求めているというよりは，その創作に自身を導いて欲しいと願っているようにすら見える。その一方で，叙事詩を創るべしという強迫観念は一層強くなっている。中山が指摘するように，「彼はほんとうは叙事詩を辞退しているのではない」。実のところ，プロペルティウスは，「マエケナスの指導のもとで叙事詩を創」る決心をしているのではないか[9]。
　結局，詩人は第 3 巻をもって，キュンティアと決別し，恋愛を詩の題材とすることを中止する。そして第 4 巻では，韻律はエレゲイアな

---

7)　Camps 1966, 101; Fedeli 1985, 333.
8)　Heyworh 2007 b, 290; Heyworth and Morwood 2011, 98.
9)　中山 1995, 148.

がら，ローマの神話，歴史，故事を題材とした歌——それこそまさしくカッリマコスの『アイティア』に相当するラテン文学である——を作ることを宣言し[10]，またこれを実践している。4.1の前半分（4.1.1–70）が実践と宣言に相当する。ところが，後半部分においては（4.1.71–150）[11]ホロスなる予言者が登場し，詩人の企図を嘲って彼の本音を言い当てる。

> "quo ruis imprudens, uage, dicere fata, Properti?
>> non sunt a dextro condita fila colo.
> accersis lacrimas: aversus cantat Apollo:
>> poscis ab inuita uerba pigenda lyra.
> certa feram certis auctoribus, aut ego uates
>> nescius aerata signa mouere pila.　　　　　　（Prop. 4.1.71–76）

（プロペルティウスよ，不注意な者よ，向う見ずにもどこへ運命を歌わんとして突き進むのか。糸は幸先よい糸巻棒からは紡がれない。お前は涙を呼び出す。アポッロは嫌々歌う。お前は不承不承の竪琴から，厭うべき言葉を求める。確かな証拠で確かな予言を私はもたらそう。）

　ホロスは，詩人がアポッロの意思に従っていないことを見抜いている。予言者は，かつて詩人が法廷での活動を志していたときに，アポッロがプロペルティウスに歌を語り聞かせ，法曹界へ入ることを禁じたことを想起させる。このときにも，3.3と同様に，アポッロの介入があり，神は詩人に「お前はエレゲイアを，欺瞞の作品をば作るがよい（これこそが，お前の陣営である）。他の群衆も，お前を手本に詩を書くようにと。」と命じたのだった。ホロスはさらに，今もなお一人の女が（名前は挙げられていない），プロペルティウスの心を支配し，相変わらず恋

　10）　4.1.57–70. 本書第3章53–54頁を参照のこと。
　11）　Fedeli 1984が伝統的な区分に従って，前半部と後半部を一つながりの歌と見なすのに対し，Goold 1990, Heyworth 2007aは4.1.1–70と4.1.71–150を連続する別個の歌だと考える。たとい，別々の歌だとしても，両者には完全な独立分離性はなく，4.1.71–150は4.1.1–70を踏まえた詩と見るのが自然である。

の隷属状態が続くことを予見している。恋愛詩から歴史エレゲイア作品への創作路線変更は，難航が予測されている。

　叙事詩と恋愛エレゲイア詩のあいだで揺曳するプロペルティウス。これは彼自身叙事詩へのこだわりが相当強かったからではないかと思われる。冒頭にも述べたように，カッリマコスが何と言おうと，詩人と言えばホメロスである。彼のホメロスへの憧れは強かったようである。その一方で，カッリマコス主義の桎梏からも逃れられなかった。さらに，キュンティアの呪縛はもっと強かったかも知れない。畢竟，プロペルティウスは，キュンティアについて歌いながら，範例として女神やヒロインを取り上げ，ホメロス叙事詩やギリシア神話の世界を行ったり来たりすることになった。第4巻よりも前に，通常の主題から離れて，1.20（ミュシアの泉の妖精たちによるヒュラスの誘拐）や3.15（アンティオペのディルケに対する復讐）のような（小規模にせよ）叙事詩的題材が展開することもある。本書では第1章，第2章，第3章において，結局プロペルティウスが叙事詩とどのように付かず離れずの立場を貫いたかを考察する。

4　ティブッルスの recusatio

　ティブッルス Tibullus は，プロペルティウスとほぼ同時代に活躍した恋愛エレゲイア詩人である。とはいえ，二人の作風はだいぶ異なっている。ティブッルスの作品は，洗練された文体や機知を備え，先行文学への暗示を数多く含む。その点では，読者に文芸についての造詣を要求するものである。しかし，神話への言及は控えめである。これは，プロペルティウスの作風を意識した結果かも知れない。また，プロペルティウスのように，他の詩人の叙事詩創作をからかってみたり，叙事詩創作を辞退したりすることはなく，文芸そのものについて（少なくとも明示的に）語ることは少ない。唯一の例と思われるのは，以下の一節である。

　　nec prosunt elegi nec carminis auctor Apollo:
　　　illa caua pretium flagitat usque manu.

ite procul, Musae, si non prodestis amanti:

 non ego uos, ut sint bella canenda, colo,

nec refero Solisque uias et qualis, ubi orbem

 compleuit, uersis Luna recurrit equis.

ad dominam faciles aditus per carmina quaero:

 ite procul, Musae, si nihil ista ualent. (Tib. 2.4.13-20)

（エレゲイアも，歌の主であるアポッロも役に立たない。彼女は手を窪ませて見返りを求める。ムーサたちよ，遠くへ行ってしまえ。だってあなた方は恋する者の役には立たないのだから。たたかいが歌われなくてはならないから，私はあなた方を崇敬するわけではない。また私は太陽の道筋や，月が一巡を終えたところで，馬の向きを変えてどのように巡ってくるかを述べることもない。歌によって恋人に近づく容易な道を求めているのだから。ムーサたちよ，遠くへ行ってしまえ。だってあなた方の歌は何もできないのだから。）

　ティブッルスには，恋愛エレゲイア詩を継続するか叙事詩を選ぶかという葛藤はない。彼がムーサを必要とするのは，「たたかい（戦争叙事詩）」を歌うためでも，また天体の動きについて教える詩を叙述するためでもない。彼はもっぱら，恋人に取り入るために詩を書くのである。詩が恋愛に役に立たないのであれば，詩を放棄しアポッロやムーサに退去を命ずる。プロペルティウスとは異なり，ティブッルスにはローマのカッリマコスになろうという気負いもない（少なくともそれを表明しない）。彼の文芸上の選択肢は，恋愛エレゲイア詩を書くか，書かないかということのみである[12]。

　ティブッルスには，プロペルティウスのように，他の詩人の叙事詩創作をからかうことはないと述べたが，同じくエレゲイア詩で恋愛を歌うプロペルティウスを揶揄することはある。第4章ではこの点について検討する。

---

　12)　もっとも，ティブッルスは恋愛を主題としない歌も作っている。1.7は庇護者であるメッサッラの，2.2は友人コルヌトゥスの誕生日を祝う。2.5は，メッサッラの息子メッサリヌスが「聖事執行15人委員会」の一員に任命されたことを祝う機会詩である。

5 オウィディウスの叙事詩についての意識

　本章の第 1 節でも見たように，若い頃から「書こうとしたものは詩になったのだ」と告白し，自身が天性の詩人であることを自任するオウィディウスであるが，『恋の歌 Amores』の第 1 巻第 1 歌では，当初は叙事詩を書こうとしていたらしい。

> Arma gravi numero violentaque bella parabam
>   edere, materia conveniente modis.
> par erat inferior versus—risisse Cupido
>   dicitur atque unum surripuisse pedem.　　　（Ov. *Am.* 1.1-4）
> （重々しい韻律で，武具と激しい戦争とを歌おうと私は準備していた，その調子に合った題材を用いて。下の句も等しかった。ところがクピドが笑い，脚を 1 本奪い去ったと言われている。）

　オウィディウスは戦争叙事詩を歌うつもりで準備もしていたのに，クピドから悪戯を受けた。書こうとした詩が，6 脚詩からエレゲイア詩（つまり奇数行は 6 脚，偶数行は 2½ 脚 + 2½ 脚 = 5 脚）にされてしまった[13]。詩はムーサの管轄であるから，詩人は愛神の越権行為に抗議する。

> "cum bene surrexit versu nova pagina primo,
>   attenuat nervos proximus ille meos;
> nec mihi materia est numeris levioribus apta,
>   aut puer aut longas compta puella comas".　　　（Ov. *Am.* 1.16-20）
> （新しいページが，最初の一行によってうまく立ち上がったのに，次の行が私の力を弱めてしまう。私には軽やかな韻律に合う題材はなく，少年も，長い髪をまとめた乙女もいない。）

---

13)　エレゲイアの韻律については，逸身 2018, 179-180.

プロペルティウスの場合，恋を知らなかった彼を最初に捉えたのは
キュンティアの美しい眼であった。そのとき以来，愛神は彼の傲慢さを
許さず，常に彼の頭を足で踏み，抑え込んだと歌われている。プロペル
ティウスとは異なり，オウィディウスには恋愛の対象はいなかった。恋
愛体験もないのに，恋愛詩人にはなれないと不平を述べたら，彼はあっ
さり愛神に射られてしまった（21-24）。しかし，これは形式的な征服に
過ぎない。愛神が支配する心は，空虚であると言われている（26）。そ
もそも，*Am.* 1.1 においては誰がオウィディウスを恋の虜にしたのかも
言われていない。彼は，恋愛体験を契機とせずに，恋愛エレゲイア詩人
となったのである[14]。

　叙事詩か恋愛エレゲイア詩を選ぶかということで，オウィディウス
は，プロペルティウスのような深刻な葛藤を経験しているようには見え
ない。むしろあっけらかんとしている。「私の作品は 6 の韻律で立ち上
がり，5 の韻律で沈み込む。鉄の戦争よ，お前たちの韻律とともに，さ
ようなら。海岸に生えるギンバイカによって黄金の額を飾るがよい，11
の脚によって形作られるムーサよ」（27-30）とあくまでも脚の数の違い
にこだわって歌を締めくくっているところを見ると，そもそも両者の違
いをたかだか脚 1 本の違いに過ぎないと考えているようである。じじ
つオウィディウスは，後年斬新な企図に基づいた叙事詩『変身物語』を
創作し，これが彼の最高傑作となった。エレゲイア詩人の叙事詩実践と
して『変身物語』がどのような新しさを備えているかを，第 5 章，第 6
章において検討することにしたい。

6　ペトラルカ

　カトゥッルスはレスビアを，プロペルティウスはキュンティアを，
ティブッルスは最初デリア，後にネメシスを，そしてオウィディウスは
コリンナを熱愛し，それぞれの恋愛対象を自らの芸術的創造の源泉とし
て神格化した。千年以上の時代を経て，ダンテやペトラルカも恋する人

　14）　恋愛詩の発端に関する，プロペルティウスとオウィディウスの違いの大きさについ
ては，Lyne 1980, 260 を参照。

（前者はベアトリーチェ，後者はラウラ）の美しい眼差しに憧れ，喜んだ。愛する女性を神聖な存在として畏怖し，彼女に自身の文学を奉げた。

ダンテはカトゥッルス，プロペルティウス，ティブッルスを知らなかったようであるが，ペトラルカはカトゥッルスの作品を読んだ可能性があり，またプロペルティウスの写本を所有していた。ティブッルスの詩文は抜粋集などで読んだ可能性がある[15]。とくに，プロペルティウスについては，当時ほとんど知られていなかったが，その写本をフランスで発見し書写した。彼は，その生涯においてこの詩人を，独占していたとも言える。

実際ペトラルカは，ヨーロッパ各地を訪れ，精力的に古典写本を書写し収集し（キケロの『アッテイクス宛書簡集』や『アルキアス弁護』などの再発見も彼の功績である），当時その蔵書の豊かさは群を抜いていた。とりわけホメロス叙事詩を読むことを長いあいだ望み願い，ギリシア語は不案内ながらも『イリアス』の写本を入手した。その後，ボッカッチョと共同でホメロス叙事詩のラテン語翻訳事業を進めたことでも知られる。ホメロスへの情熱と憧れは，『親近書簡集』第24巻第12章の「ホメロス宛書簡」（1360年10月9日付）という形で表れている。

ペトラルカは，代表作となる俗語恋愛詩集『カンツォニエーレ』の他に，ラテン語叙事詩『アフリカ』の創作も志し，生涯にわたってその彫琢に腐心した。彼は恋愛文学と戦争文学の双方に携わったのだから，プロペルティウスのそれに類するような創作上の葛藤を経験したかも知れない。文学ジャンルをめぐるプロペルティウスの揺れ動きを，自身の問題と重ね合わせたかも知れない。ところが実際には，『カンツォニエーレ』やラテン語韻文においては，一見してそれと分かるようなプロペルティウス作品の模倣は認められない。このために，従来プロペルティウスがペトラルカに及ぼした影響を過小視するきらいがあった。しかし，近年の受容研究ではこの見方を修正する動きが認められる。第7章は，そのような潮流に従ったプロペルティウスとペトラルカの比較研究の試みである。

---

15) Ullman 1973, 177-196 (ch. VIII "Petrarch's Acquintance with Catullus, Tibullus, Propertius").

第1章

プロペルティウスとホメロス

―――――――

は じ め に

　古代ローマの恋愛詩人，プロペルティウスはローマのカッリマコスあるいはピリタス Philitas たることを目指した。アレクサンドレイアの学者詩人カッリマコスは，大作を忌避し[1]，たとい小規模であれ彫琢を極めた詩歌を理想とし[2]，またその創作を実践したことで知られる。題材

---

　1)　大作に対する忌避を比喩的に言い表している一節としては，Callim. *Hym. Apol.*, 108-112（Ἀσσυρίου ποταμοῖο μέγας ῥόος, ἀλλὰ τὰ πολλὰ/ λύματα γῆς καὶ πολλὸν ἐφ᾽ ὕδατι συρφετὸν ἕλκει./ Δηοῖ δ᾽ οὐκ ἀπὸ παντὸς ὕδωρ φορέουσι μέλισσαι,/ ἀλλ᾽ ἥτις καθαρή τε καὶ ἀχράαντος ἀνέρπει/ πίδακος ἐξ ἱερῆς ὀλίγη λιβὰς ἄκρον ἄωτον.)（アッシュリアの河の流れは大きいが，大地の大量の埃と塵芥を水に浮かべて運んでいる。「蜜蜂」はデメテルのため，どんな川からでも水を届けるということはない。清く純粋に湧き上がる神聖な泉から，ほんの少しだけ，表面の水を選り抜いて届けるのである。）叙事詩の環に対する嫌悪の表明としては，ἐχθαίρω τὸ ποίημα τὸ κυκλικόν（*Epigrammata* 28.1 Pf.［= *AP* 12.43.1]）。アンティマコスの長大な詩に対する嫌悪の表明としては，*Epigrammatum Fragmenta* fr. 398. なお，カッリマコスの詩論を把握するためには，Hopkinson 1988, 85-91 が有益と思われる。

　2)　Callim. *Epigr.* 27.3-4 Pf.（= *AP* 9.507.3-4）.（χαίρετε λεπταί/ ῥήσιες, Ἀρήτου σύμβολον ἀγρυπνίης）（御機嫌よう，細やかな言葉よ，アラトスの徹夜のしるしよ。）同様に入念な推敲を意味するものとしては，Cinna fr. 11.1-2 Courtney (haec tibi Arateis multum vigilata lucernis/ carmina)（アラトスのランプによって，君が大いに徹夜して作った歌）; Catul. 95.1-3 (Zmyrna mei Cinnae nonam post denique messem/ quam coepta est nonamque edita post hiemem,/ milia cum interea quingenta Hortensius uno)（我がキンナの『ズミュルナ』は，手掛けられて以来九つの夏と九つの冬とを経て，ついに刊行されたが，一方ホルテンシウスは一年で 50 万行を［作った])。); Hor. *Ars Poetica* 269-270 (vos exemplaria Graeca/ nocturna versate manu, versate diurna)（諸君は，夜昼を問わずギリシアの手本を繙くがよい。）

としては先人の手垢にまみれたものではなく[3]，他人に手がけられていないもの，稀なるものを重んずる。さらに，洗練された言葉遣い，豊かな学殖，機知と諧謔も不可欠な要素である。

　プロペルティウスは，カッリマコス主義を継承することを作品中の随所で表明している。なかでも，最初期の段階に属すると思われるのは，第2巻第1歌（以下2.1，他の歌に言及するときもこの方式で示す）であろう。

　　　sed neque Phlegraeos Iovis Enceladique tumultus
　　　　　intonet angusto pectore Callimachus,
　　　nec mea conveniunt duro praecordia versu
　　　　　Caesaris in Phrygios condere nomen avos.　　（Prop. 2.1.39–42)
　　　（だが，プレグラで起きたユッピテルとエンケラドスの戦闘をカッリマコスは小さな胸で轟かさないだろう。私の胸もいかめしい詩行で，カエサルの名前をプリュギアの父祖に遡らせることには不向きである。）[4]

　「カエサルの名前をプリュギアの父祖に遡らせる」とは，アエネアス伝説を題材とした叙事詩を創作することだろうか。そうだとすると，この詩句は，ウェルギリウスが手掛けることとなる『アエネイス』についての言及も含んでいるのかも知れない（『アエネイス』とプロペルティウスとの関係については，後に触れる）。

　2.1.39–42に先立つ部分で，カッリマコス主義の標榜に呼応するように，プロペルティウスは，自身の避けるべき叙事詩的主題を挙げている（2.1.19–36)。運命が許したとしても歌うことがないのは，オリュンポ

　3）　Callim. *Aet.* fr. 1.25–28 Pf. (πρὸς δέ σε] καὶ τόδ' ἄνωγα, τὰ μὴ πατέουσιν ἅμαξαι/ τὰ στείβειν, ἑτέρων ἴχνια μὴ καθ' ὁμά/ δίφρον ἐλ]ᾶν μηδ' οἶμον ἀνὰ πλατύν, ἀλλὰ κελεύθους/ ἀτρίπτο]υς, εἰ καὶ στεινοτέρην ἐλάσεις.) （この他，お前に勧めることは，馬車が通らない道を進め，他の人々と同じ轍にお前の車を走らせることなかれ，広い道に沿ってではなく，たといより狭い道に走らせるとしても，人の通っていない道を行くのだ，ということである。）

　4）　この一節は，βροντᾶν οὐκ ἐμόν, ἀλλὰ Διός (Callim. *Aet.* fr. 1.20 Pf.) を踏まえている。

スの神々とティタン族，巨人族との戦い（19-20），テーバイ伝説（21），トロイア戦争（21）といった神話の題材と並んで，クセルクセスのギリシア侵攻（22），ローマの草創期（regnave prima Remi［23］），ポエニ戦争（23），マリウスによるキンブリ族の征伐などの歴史的題材である（24）。一方，「運命が許したとすれば」という反実仮想において，「歌うだろう」としている主題は，カエサル・オクタウィアヌスの戦った戦争，彼の勲功である（25-36）。といっても，実際にはこれを歌うことはない。

2.1の眼目は叙事詩創作を上手に断ることだから，オクタウィアヌスの業績を従来の叙事詩的主題よりも，創作的価値のあるものとして際立てる。しかし，「運命が許したとしても歌わない」とされる題材群のなかで，とりわけ目を惹くのは，「ホメロスの名誉たるペルガマ Pergama, nomen Homeri」と言われるトロイア戦争である。ホメロス（作品）に対する言及は，2.1にはこの他にも2箇所ある。ひとつは，恋人キュンティアという詩的源泉の豊かさを印象付けるべく，以下のように諧謔を交えつつ豪語している。

　　seu nuda erepto mecum luctatur amictu,
　　　　tum vero longas condimus Iliadas;　　　　　　（Prop. 2.1.13-14）
　　（あるいはもし，衣服をはぎとり裸のまま私ととっくみ合うならば，そのときこそまさに長大な『イリアス』を作り上げる。）

その一方で，『イリアス』に対するキュンテイアの批判を伝えている。

　　si memini, solet illa levis culpare puellas,
　　　　et totam ex Helena non probat Iliada.　　　　（Prop. 2.1.49-50）
　　（そう言えば，彼女は軽はずみな女を非難するのが常であり，ヘレネの故に『イリアス』のすべてを認めない。）

しかし，自己の創作に霊感を与えるキュンティアが『イリアス』を認めないから，自分もこれを認めないというわけではない。実際プロペルティウスは，後にも見るように，2.1以外の様々な歌のなかでホメロス

やその作品に言及している。また，2.1 には様々な神話からの範例を挙げているが，『オデュッセイア』の登場人物キルケへの言及（seu mihi Circaeo pereundum est gramine［53］）も含んでいる。Berthet が指摘するように，2.1.19–20 は『オデュッセイア』の一節を模倣しているのかも知れない[5]。

2.1 は叙事詩辞退を趣旨とする詩，recusatio ではありながら，詩人は叙事詩的な題材に，とりわけホメロス作品に好んで触れているように思われる。カッリマコス主義の信奉者であることは，必ずしも叙事詩の総否定にはつながらない。とくに，プロペルティウスは，ホメロス作品を高く評価し，崇拝している。深い愛着を抱き，熱心に研究しているように見受けられる。

1　叙事詩人ポンティクスへの詩（1.7, 1.9）

通例に従って，第 1 巻を最初期の作品と見なすならば，ホメロスへの最初の言及を含んでいる歌は 1.7 と 1.9 である。二つの歌は，ともに叙事詩を手掛けるポンティクスに宛てたものであり，彼への呼びかけを含んでいる。まずは，1.7 を見てみよう。ここには，自らの恋愛詩を侮るポンティクスへの対抗意識が表れている。

> Dum tibi Cadmeae dicuntur, Pontice, Thebae
> 　　armaque fraternae tristia militiae,
> atque, ita sim felix, primo contendis Homero
> 　　(sint modo fata tuis mollia carminibus),
> nos, ut consuemus, nostros agitamus amores,
> 　　atque aliquid duram quaerimus in dominam;
> nec tantum ingenio quantum servire dolori
> 　　cogor et aetatis tempora dura queri.

---

　　5)　Berthet 1980, 145. non Ossan Olympo/ impositam ut caeli Pelion esset iter（2.1.19–20）は，Ὄσσαν ἐπ᾽ Οὐλύμπῳ μέμασαν θέμεν, αὐτὰρ ἐπ᾽ Ὄσσῃ/ Πήλιον εἰνοσίφυλλον（Od. 11.315–316）の翻案と見なしている。

hic mihi conteritur vitae modus, haec mea famast,

　　hinc cupio nomen carminis ire mei.　　　　　(Prop. 1.7. 1–10)

（ポンティクスよ，君がカドムスのテーバイと兄弟の軍勢の悲惨な武器を歌い，そして—私もそのように恵まれていればなあ—第一人者ホメロスと（運命が君の歌に対して，おとなしくしてくれさえすれば）張り合う一方，私は，いつもそうしているように，我が恋を主題として扱い，苛酷な恋人に取り入ろうとして何かを求めている。私は自らの天分に従うというよりは，苦痛に仕えることを余儀なくされ，青春のこのときを辛きものとして嘆く。このような人生を私は費やし，これが私の誉れであり，ここから我が歌の名声が発することを望む。）

　テーバイ神話を題材とした叙事詩を手掛け，ホメロスに張り合っていると言われているポンティクス。「私もそのように恵まれていればなあ(3)」というプロペルティウスの嘆息は，何を意味するのだろうか。「運命が君の歌に対して，おとなしくしてくれさえすれば」という言葉からも察せられるように，詩人は運命がポンティクスの創作を阻むこと，つまりここでは，ポンティクスが間もなく恋をして叙事詩どころの騒ぎではなくなることを見越しているのだろう。だから，この願望表現には皮肉が込められているのかも知れない[6]。

　プロペルティウスは 1.7.15-26 において，将来ポンティクスが恋に落ちるときには，叙事詩は何の役にも立たず，そのときこそ恋愛詩人たる自分の偉大さがわかるだろうと警告する。実際，プロペルティウスの予言は的中する。そこで，彼は得意になって，恋愛詩の優位を説くのである。

　　plus in amore valet Mimnermi versus Homero:

　　　carmina mansuetus lenia quaerit Amor.　　　　(Prop. 1.9.11–12)

（恋においては，ミムネルモスの 1 行がホメロス作品よりも重要である。手なずけられた愛神は，穏やかな詩を求める。）

----

6)　Fedeli 1980, ad loc. この嘆息の意味については，「まとめ」で改めて考察する。

24 第 1 章 プロペルティウスとホメロス

　ミムネルモスの名前が挙げられるのは，プロペルティウスの作品中こ
こだけである。それ故，読者は何か唐突な印象を禁じ得ない。しかし，
とくに彼がホメロスに対抗する者として挙げられているのは，ヘルメシ
アナクスによって「ミムネルモスは，大いなる苦心の末柔らかな五脚詩
（エレゲイア）の甘美な響きと息遣いを創出し，ナンノに恋い焦がれた」[7]
と言われているように，恋愛エレゲイア詩の発明者と見なされていたか
らではないかと思われる[8]。

　同様に，愛神に射られた者にとって，叙事詩はもはや役に立たず，我
が身を守る手立てを与えてくれないことは，2.34 でも言われている。
プロペルティウスは，遅き恋に狂った友人リュンケウスに，彼が学んで
きたソクラテスの教えはもはや役に立たないことを諭し（2.34.25-30），
むしろ詩を作り，ピリタスやカッリマコスを模倣することを推奨する
（tu satius memorem Musis imitere Philitan /et non inflati somnia Callimachi
[2.34.31-32]）。さらに，ホメロスとともにアンティマコスの名前を挙
げ，2.34.45 で，恋愛に関して「君はアンティマコスや，ホメロスより
も安全に行くことはできない tu non Antimacho, non tutior ibis Homero
（2.34.45）」と警告しているのである[9]。

　ここでは，コロポンのアンティマコス（紀元前 5 ～同 4 世紀）のみな
らず，ホメロスすら恋の苦しみを経験したように言われている。アン
ティマコスがテーバイ伝説を題材とする長大な叙事詩を手掛けたことの
みならず，リュデなる女性を愛し，その名も『リュデ』という恋愛詩を

　7）　Hermesianax ap. Athenaeum 13.597f（= Powell 1925 fr. 7.35-37）.

　8）　この他，cf. Orion（5世紀の辞書編纂者），*Etymologicumu Magnum*, s.v. ἔλεγος（Sturz p.
58）。なお，Fedeli 1980, ad loc は，カッリマコスの以下のような断片との関わりを指摘する。
ἀλλὰ καθέλκει/ ....πολὺ τὴν μακρὴν ὄμπνια Θεσμοφόρο[ς·/τοῖν δὲ] δυοῖν Μίμνερμος
ὅτι γλυκύς, αἱ κατὰ λεπτόν/ ῥήσιες] ἡ μεγάλη δ᾿ οὐκ ἐδίδαξε γυνή.（Callim. *Aet.* fr. 1.9
-12 Pf.）（だが［ピリタス作］『実り豊かなテスモポロス』が，長い［詩？］よりはるかに重
要であり，ミムネルモスが甘美であることは，二つのうち，ほっそりとした［詩？］の方が
示すのであって，『大きな乙女』（『ナンノ』）ではない。）しかし，パピルスの注（*Schol. Flor.*
Pf.）によれば，この一節はミムネルモスとピリタス両者の短い作品が，それぞれの長い作品
よりも優れていることを言い表しているらしい。だから，プロペルティウスが1.9で，恋愛
におけるホメロスに対するミムネルモスの優位を説いたのとは，別のことである。

　9）　中山 1995, 202 によれば，1.9.9-14 において，プロペルティウスはホメロスではな
く，「現代における叙事詩の存在意義」を否定したのであり，「それを恋における効用という
劇的状況を利用して表現した」。

作ったことは，複数の作家が証言している[10]。一方，ホメロスの恋という
うと，意外の感もあるが，やはりヘルメシアナクスによれば，「賢明な
るペネロペ故に，洗練された『イタケ』を歌に乗せた」ことになってい
る[11]。

2 ホメロス叙事詩における恋愛

　恋愛においては，ホメロスよりもミムネルモスの方が有用だと言いな
がらも，プロペルティウスはホメロス作品をしばしば模倣している。す
でに引用した Berthet の調査によれば，その数は 100 箇所にも及ぶ[12]。表
現上の模倣ばかりでなく，ホメロス作品の内容を要約し，その特定の場
面に言及している。

　プロペルティウスは，キュンティアをしばしば神話のヒロインに譬え
る。2.28 では，彼女が重い病を患った際，彼女が死んでしまうかも知
れないと危惧する。その一方で，美しさの故に，冥界において「ホメロ
ス作品のヒロインのあいだでも，満場一致で，あなたに第一位の座が与
えられることだろう（2.28.30）」と歌っている。ホメロスのヒロインと
キュンティアを比較するということ自体，詩人がホメロス叙事詩に親し
み，創作に際してこれを身近な素材として考えていたことを意味するだ
ろう。以下本節では，とくに『イリアス』におけるブリセイスとアキレ
ウスの関係に限定し，プロペルティウスがこれをどう捉えていたかを検
証する。

　『イリアス』第 1 巻で，ブリセイスがアキレウスから引き離される場
面は，「だが，彼女は心ならずも，彼らと一緒に去って行った。一方，
アキレウスは仲間たちから離れて座し，涙を流した（348-349）」と歌わ
れている。このほんのわずかな男女の別れの描写を，プロペルティウ
スは見逃さない。2.20.1 ではキュンティアの泣く姿が，アキレウスと別

---

　10)　Cf. West 1972, 37-38. とくに，Ovidius *Tristia*. 1.6.1-3; Hermesianax ap. Athenaeum
13.598a（= Powell 1925 fr. 7.41-42）

　11)　Hermesianax ap. Athenaeum 13.597e（= Powell 1925 fr. 7.29-30）.

　12)　Berthet 1980, 154-155（Loci similes）.

れさせられるブリセイスに譬えられているが（Quid fles abducta gravius Briseide?），アキレウスの流す涙は，ここではブリセイスに帰されている。この表現そのものは，Fedeli が指摘しているように，348-349 より少し後の言葉，母テティスが泣いているアキレウスに問いかける「息子よ，何故泣くのです。どんな苦しみがあなたの胸に及んでいるのですか（τέκνον, τί κλαίεις; τί δέ σε φρένας ἵκετο πένθος;）（Il. 1.362）」を踏まえているのだろう[13]。プロペルティウスの記憶には，この別れの場面の詩行が深く刻み込まれていたに違いない。

　そもそも，プロペルティウスは『イリアス』を恋愛文学として解釈しようとする。あるいは，戦争という主題のせいで，隠れがちな色恋に目を向けようとする。2.8 には，そのような視点が認められる。キュンティアがライヴァルに奪われることによる激しい悲しみと憤りを表現した後，プロペルティウスは我が身をアキレウスに譬える。

> ille etiam abrepta desertus coniuge Achilles
> 　　cessare in tectis pertulit arma sua.
> viderat ille fuga stratos in litore Achivos,
> 　　fervere et Hectorea Dorica castra face;
> viderat informem multa Patroclon harena
> 　　porrectum et sparsas caede iacere comas,
> omnia formosam propter Briseida passus:
> 　　tantus in erepto saevit amore dolor.
> at postquam sera captiva est reddita poena,
> 　　fortem illum Haemoniis Hectora traxit equis.
> inferior multo cum sim vel matre vel armis,
> 　　mirum, si de me iure triumphat Amor?　　　　（Prop. 2.8.29-40）

（かのアキレウスも妻を奪われ，一人になったが，陣屋のなかで自分の部隊が無為に過ごすことをよしとした。彼はアカイア勢が退却し，海岸で倒れ伏すのを，ヘクトルの松明でドリス勢の陣営が燃えるのを眺めた。沢山の砂埃のなか，見るも無残なパトロクロスが

---

13)　Fedeli 2005, 589-590.

倒れ臥し，髪を血まみれにしているのを眺めた。すべてを麗しきブ
リセイスのために耐えたのだ。奪われた恋の怒りは，かくも大きい
ものである。だが，遅れた償いによって囚われの女が返されて初め
て，かの勇猛なヘクトルをハエモニアの馬で引きずった。私は母親
に関しても，武力に関しても，彼よりずっと劣るのだから，愛神が
私に正当に勝ち誇っても，不思議があろうか。）

　この一節は，プロペルティウス自身による『イリアス』の梗概になっ
ており，まことに興味深い。『イリアス』においては，アキレウスはゼ
ウスがトロイア方に加勢することによって，ギリシア軍が苦境に陥り，
自分の存在の大きさを思い知ることを望んだことになっている[14]。しか
し，プロペルティウスによれば，アキレウスがギリシア軍を見棄て，は
ては親友すらも見殺しにしたのは，ブリセイスを奪われた悲しみが，そ
れほどまでに大きかったからである。『イリアス』において彼の戦線復
帰を動機付けたのは，パトロクロスの戦死である。ところが，プロペル
ティウスは，パトロクロスが殺された後のブリセイスの返還（『イリア
ス』では第 19 巻で扱われている）が，彼をしてヘクトルを討つことへと
駆り立てたのだと見ている。
　本当のところ，『イリアス』を読んでも，ブリセイスがアキレウスを
どれくらい愛しているのかは，よくわからない。上にも述べたように，
彼女の英雄への思いは，辛うじて第 1 巻の別れの場面で示唆されている
に過ぎないからである。しかし，2.9 においてプロペルティウスは，彼
女が英雄を情熱的に愛していたように描いている。

nec non exanimem amplectens Briseis Achillem
　　candida vesana verberat ora manu;
et dominum lavit maerens captiva cruentum,
　　appositum flavis in Simoente vadis,
foedavitque comas, et tanti corpus Achilli
　　maximaque in parva sustulit ossa manu;　　　　（Prop. 2.9.9–14）

---

14)　*Il.* 1.408–412; 18. 74–77.

（ブリセイスも亡くなったアキレウスを抱きしめ，狂気の手で白き顔を打擲する。そして，囚われ女は悲しく，血まみれの主人を浅瀬の黄色いシモイス川に横たえて，洗う。髪を振り乱し，あれほど大きかったアキレウスの亡骸とこの上なく大きな骨を，小さな手で拾った。）

　アキレウスの死は，『イリアス』よりも時間的には後の出来事であり，叙事詩の環でいえば『アイティオピス』に属する。しかし，ブリセイスの所作「狂気の手で白き顔を打擲する」は，『イリアス』第19巻において，彼女がパトロクロスの亡骸と対面するや否や，激しい悲しみに襲われ，自分の胸や首筋，顔を掻きむしったことを彷彿させる[15]。さらに，ブリセイスは，パトロクロスに「不幸な私にとってもっとも愛しい方」と呼びかけている。彼女がアキレウスに夫を殺され，国を滅ぼされ，泣き暮らしていたときに，パトロクロスがやさしく慰め，プティエ帰国後にはアキレウスの正式な花嫁にしてやると言ってくれたことを想起している[16]。『イリアス』において，そもそもブリセイスが，自分の父母や夫を殺め，国を滅ぼしたアキレウスに対し本当に愛情を抱いていたのか，疑わしいところもある。にもかかわらず，プロペルティウスは，ブリセイスのパトロクロスに対する愛情の発露と哀悼のしるしとを真率なものと認め，これをアキレウスに移し換えているのだろう[17]。

3　ホメロス叙事詩の翻案（4.7, 4.8）

　ホメロスの模倣について論ずる以上，プロペルティウスの同時代の詩人として，ウェルギリウスの存在を考慮しないわけには行かない。プロペルティウス自身も，この詩人の創作について，以下のように述べている。

---

15)　*Il.* 19.282–285. Berthet 1980, 145.

16)　*Il.* 19.295–300.

17)　Fedeli 2005, 590.

3 ホメロス叙事詩の翻案　　29

Actia Vergilium custodis litora Phoebi,
　　Caesaris et fortis dicere posse ratis,
qui nunc Aeneae Troiani suscitat arma
　　iactaque Lavinis moenia litoribus.
cedite Romani scriptores, cedite Grai!
　　nescio quid maius nascitur Iliade.　　　　　　(Prop. 2.34.61–66)

（ポエブスが守るアクティウムの海岸と，勇猛なカエサルの艦隊を
歌うことがウェルギリウスの［喜びとなりますよう］。彼は今やト
ロイアのアエネアスの戦いを起こし，ラウィニウムの海岸に城壁を
置いてやる。ローマの作家よ，ギリシアの作家よ，さがるがよい。
何か『イリアス』よりも偉大なものが生まれる。）

　2.34 は，詩人コルネリウス・ガッルスの死への言及[18]を含むから，お
そらくはこの人物の死した紀元前 26 年以降に成立したのだろう。ウェ
ルギリウスが『アエネイス』を手掛けていることが言われ，「ポエブス
が守るアクティウムの海岸」，「ラウィニウムの海岸」などの詩句は，当
時からプロペルティウスがある程度『アエネイス』について知っていた
ことを示しているだろう。
　ウェルギリウスが，建国叙事詩の創作を引き受けたと知り，プロペル
ティウスの衝撃は，いかなるものだったことか[19]。カッリマコス主義を
標榜する彼にとって，ホメロスと張り合って大作を書くことなど思いも
寄らないことだったはずである。ウェルギリウス自身も，かつては，建
国叙事詩を辞退したではないか[20]。彼は，ホメロスと競ってテーバイ伝
説を題材としたポンティクスに対しても，皮肉のような羨望（「私もそ
のように幸福であればよいのに」）を口にし，彼に早く恋愛詩人に転向す
るように誘い掛けた。ひょっとすると，ウェルギリウス同様プロペル
ティウス自身も，トロイア伝説とローマ建国を題材とした叙事詩の創作
を，打診されていたのかも知れない。そのことは，本章の「はじめに」
でも見た通り，2.1.39–42 にも示唆されているようにも思われる。

18）　2.34.91–92.
19）　この衝撃の大きさについては，中山 1995, 205–208.
20）　序論第 2 節を参照。

『アエネイス』は，ほとんどすべての場面，そして行や詩句に至るまでホメロス作品に負っている。それはホメロスと張り合うというよりは，ホメロスの換骨奪胎，翻案だった。たとえば，主人公アエネアスはあるときはオデュッセウス，またあるときはアキレウスのような状況に置かれ，彼らのように振る舞うのである。もちろん，プロペルティウスも，恋人を奪われた自分を，ブリセイスを奪われたアキレウスになぞらえた。理想の恋人の在り方を表現する際に，アキレウスを失って悲しむブリセイスを引き合いに出す。ホメロス作品を自作に活かす，引きつけるということに関しては，2.8 や 2.9 において『アエネイス』の創作指針をすでに実践しているとも言えよう。しかし，本来エレゲイア恋愛詩は，物語ではなく自らの恋を歌うことが主眼であるから，ホメロスの世界はあくまでも比喩や範例として，一定の距離を保って扱われることになる。恋愛詩を作る限り，同じ叙事詩である『アエネイス』のように，ホメロス作品と密着することは難しい。だが，それでもやはり，プロペルティウスは，ホメロス世界に一層接近する機会を模索したのではないかと思われる。そのような試みは，4.7 と 4.8 に現れている。

詩人は，第 3 巻の終わり，すなわち第 24 歌および第 25 歌で，キュンティアとの別れを宣言している。これをもって恋愛詩は卒業し，第 4 巻冒頭（4.1A）においては，ローマの縁起を主題とした歌を作ることを宣言する。しかし，4.7 と 4.8 は，再びキュンティアとの関係を題材とした歌になっている。かつては，もっぱら自分に詩的霊感を与えていたキュンティアを再登場させ，一時的にせよ，恋愛詩への回帰を試みている。

4.7 では，離別後死したキュンティアが，亡霊となって夢うつつの状態にある詩人の前に姿を現す。すでに多くの研究者が指摘しているように，4.7 のキュンティアとプロペルティウスとの関係は，『イリアス』第 23 巻のパトロクロスとアキレウスとの関係に相当する。また，4.7 には『イリアス』第 23 巻と，言葉遣いや表現上の類似も認められる[21]。亡くなったパトロクロスは，眠っているアキレウスをとがめ，自分が冥府に入ることができるように，速やかに葬儀を済ませることを求める。

21）　第 2 章注 13 を参照。

そして，自身とアキレゥスの不幸を嘆き，アキレゥスの亡き後自分た
ち二人が同じ骨壺に入れるように願う。キュンティアも，プロペルティ
ウスが「眠っている」ことを非難し，生前の自分との関係を忘れた詩人
が自分の葬儀に際して極めて冷淡な態度をとったことを嘆き，また自分
を毒殺した召使を告発する。詩人が，新しい恋人に夢中になっているこ
とに憤るが，彼女は自分がエリュシウム（楽園）で暮らしていることを
打ち明け，すべてを許す。そして，お気に入りの召使の面倒を見るこ
と，墓の管理など諸々の要求を行う。最後に，プロペルティウス亡きあ
とはやはり二人で同じ墓に入り，「混ざり合う骨で骨をこすり合わせる
mixtis ossibus ossa teram（94）」ことを希望する。パトロクロスの亡霊
も，キュンティアの亡霊も抱きかかえようとする者の手をすり抜け，消
えてしまう[22]。

　一方，4.8 もまたキュンティアと自身に関わる出来事を報告した詩で
ある。ただし，4.7 とは異なり，キュンティアは生きた人物として登場
している。プロペルティウスは，ラヌウィウムで行われる豊饒祈願の儀
式について述べた後，自分を見限って，情事のためにこの地へ出かける
キュンティアとその相手の伊達男の道中を，皮肉を込めて描写する。詩
人は，キュンティアの仕打ちに耐えかねて，二人の女性をエスクイリア
エの丘にある私邸に呼び招き，宴会を催す。しかし，彼の気持ちはいっ
こうに晴れない。そこへ，突然キュンティアが戻ってくる。彼女は激怒
して，彼と酒宴を共にしていた女性たちに暴行を働き，追い払う。詩人
も散々お仕置きを受けて，やっとのことで許しを得る[23]。

　この歌は，すでに指摘されているように，『オデュッセイア』，とくに
第 22 巻の翻案である[24]。予想していなかったキュンティアの帰館，求愛
する者たちの退治，退治の後の邸内の清め，そして最後に言われている
同衾など，『オデュッセイア』の筋立てを意識している。誇らしげに馬
車を駆って遠出するキュンティアは，凱旋将軍のごとく描かれる。降参
し卑屈な姿勢をとるプロペルティウスに，辛うじて許しを与える傲然た
る姿は，さながら征服者のようである。

　22）　4.7 については，本書第 2 章を参照。
　23）　4.8 については，本書第 3 章を参照。
　24）　S. Evans 1971, 51–53.

一方，詩人が自己を見つめる目は，あくまでも自嘲的である。彼はアキレウスのように，愛する亡き友を思って禁欲的になったり，まめやかな葬儀を行うような一途さはない。葬儀はおざなりにしか行わず，キュンティアの死後は別の女に思いを寄せる。また，求婚者たちの言い寄りを拒み，夫の帰還を待ち続けたペネロペの貞潔さ，忍従も持ち合わせていない。キュンティアの仕打ちに耐えかねて，未知なるウェヌスの営みによって秘め事を一新しようとする（et Venere ignota furta novare mea [4.8.34]）。鬼の居ぬ間の洗濯である。プロペルティウスは自己の恋愛の世界を叙事詩の枠組みにあてはめ，自分が叙事詩の登場人物にまるで及ばないこと，自身が矮小な人物であることを際立てる。この点で 4.7 や 4.8 は，その登場人物が『イリアス』や『オデュッセイア』の登場人物の役を演じても，その雅量において見劣りしない『アエネイス』と大きく異なる。しかし，結果として叙事詩の枠組みの利用は，恥ずかしい自分をさらけ出す恋愛詩の傾向を，一層先鋭化することに寄与しているだろう。

ま　と　め

プロペルティウスは，長大な詩に対して否定的であるカッリマコス主義を標榜する一方，ホメロス叙事詩に対する愛好を失わなかった。彼が，1.7 においてホメロスと競合して叙事詩を創るポンティクスに，「私もそのように恵まれていればなあ」と言うとき，それはポンティクスに対する言葉としては，皮肉を含んでいるだろう。しかし，それは同時に彼の偽らざる本心でもあったろう。

だからこそ，叙事詩を手掛けるという禁を犯すことは生涯にわたってなかったものの，プロペルティウスは，自己の創作にホメロス叙事詩の世界を織り込むことには熱心だった。たといホメロス叙事詩において恋愛の要素が目立たないものであっても，これを丹念に拾い出し，自らの恋愛詩の世界との接点を積極的に作り出した。

プロペルティウスに衝撃を与えたのは，ウェルギリウスの『アエネイス』である。彼が「ローマの作家よ，ギリシアの作家よ，さがるがよ

い。何か『イリアス』よりも偉大なものが生まれる」と歌うとき，ローマの起源を歌い，カッリマコス主義に基づきながら，ホメロス叙事詩と密着しているこの奇跡のような作品に驚いたに違いない。そして，ある種の羨望を感じていたかも知れない。

4.7 と 4.8 は，この『アエネイス』の手法に則って，ホメロス作品の翻案を試みている。二つの歌は，一時的な主体的恋愛詩への回帰であるが，プロペルティウスはこれ以後二度と恋愛詩を手掛けることはない。自分が本領を発揮してきたジャンルに，決定的な別れを告げる役割を託した二つの歌のために，おそらく取って置きのこの手法を用いたのだろう。プロペルティウスは，ホメロスという不世出の詩聖の境涯を自分も味わってみたい，と思っていたのかも知れないが，とにかく 4.7 と 4.8 は恋愛エレゲイア詩として極めて完成された作品になっている。

第 2 章

キュンティアの亡霊
──プロペルティウス第 4 巻第 7 歌──

は じ め に

　プロペルティウスは，第 3 巻の終わりで，恋人キュンティアとの決
別を宣言する。彼女との恋愛も，文学的主題としては一旦棄却する。実
際，最終巻たる第 4 巻では，ローマの故事由来や同時代の出来事が中心
に扱われるようになる。ところが，その第 7 歌に至って状況は再び一
転する。恋人は死に，その亡霊が自身の枕辺に現れたことを詩人は歌っ
ている。第 4 巻第 7 歌（以後4.7）は全部で 96 行から成り，状況設定を
含む最初の 12 行（1-12）と結びの 2 行（95-96）を除く残りの 82 行（13
-94）は，すべてキュンティアの言葉の直接引用である。たしかに詩人
は，第 1 巻から第 3 巻まで，彼女との恋愛を自己の文学の中心に据え
ていたが，これほど如実に彼女の声を伝えることはなかった[1]。何より
もまず，そのような点で 4.7 は異色であり，詩集全体のなかでも際立っ
ている。プロペルティウスの文学を理解する上で鍵となる重要な作品で
あり，実際様々な考察が払われてきた。

　　1）　キュンティアの発言が直接引用されている箇所は，第 4 巻以前では，1.3.35-46;
2.15.8; 2.29.31-38; 3.6.19-34 に限られている。

1 pelle か pone か (4.7.79)

　しかし，この歌もプロペルティウスの作品の御多分に漏れず，少なからぬ難読箇所を含んでいる。とりわけ作品理解に大きく関わってくるのは，以下の詩行である。本文は，Heyworth の校訂版による。

> pone hederam tumulo mihi, quae praegnante corymbo
> 　　mollia contortis alliget ossa comis.　　　　　　　(4.7.79-80)
>
> （私のお墓には蔦を這わせてください。そしてそれが果実を膨らませ，私の柔らかな骨を，巻き付く葉によって縛ることになりますように。）
>
> 79 pone *Sandbach*: pelle Ω quae] ne *Kenney* praegnante *Cornelissen*: pugnante Ω
>
> 80 mollia ζ : molli Ω : mollis ζ alliget *Shackleton Bailey*: alligat Ω : ambiat *Sandbach*

　この箇所には，いくつかの異読や修正案が含まれているが，本章では，写本の読み pelle（取り払え）に代わる Sandbach の修正案 pone（這わせよ）にとくに注目する[2]。蔦は詩にふさわしい植物であり，墓に蔦を絡ませる習慣はギリシアのエピグラムに認められる[3]。キュンティアは，プロペルティウスの創作の源泉だから，そのような扱いは彼女の墓に似つかわしいと主張する[4]。実際多くの校訂者たちが，Sandbach の提案を受け入れている[5]。

---

　2)　Sandbach 1962, 273-274. pelle に対する疑義は，すでに Helmbold 1949, 341-342 や Shackleton Bailey 1956, 254 が表明している。

　3)　Cf. *AP* 7.21; *AP* 7.22; *AP* 7.23; *AP* 7.30; *AP* 7.36; *AP* 7.708; *AP* 7.714. なお，プロペルティウス作品における蔦への言及は以下の通り。1.2.10; 2.5.26; 2.30.39; 3.3.35; 4.1.62; 4.4.3; 4.6.3. La Penna 2012 は，4.7.23-34 で亡霊が嘆く葬儀の粗略さに着目し，墓のずさんな管理を歌うエピグラムや，むしろ蔦が墓に与える害を歌うイタリア語詩を例にとり，pelle を擁護する。

　4)　Cf. 2.1.4; 2.30.40.

　5)　Sandbach 1962 の提案を支持する主な校訂者，注釈者としては，Camps 1965, Hanslik

しかしその一方で，直前の couplet においてキュンティアは，以下の
ように命ずる。

　　et quoscumque meo fecisti nomine versus
　　　ure mihi: laudes desine habere meas!　　　　　　　（4.7.77-78）
　　（あなたが我が名において作ったいかなる詩行も，私のために焼い
　　てください。私の誉れを持つことは，やめてください。）

　ure mihi（焼いてください）というのは，かなり強い拒絶反応だろう。
キュンティアは，プロペルティウスが自身を題材にして詩作したこと
を厭わしく思っている[6]。またこの 2 行は，詩人が第 3 巻末（3.24.3-4）
で noster amor tales tribuit tibi, Cynthia, laudes:/ versibus insignem te pudet
esse meis.（キュンティアよ，我が愛はあなたにそれほどの誉れを与えてきた
が，我が詩行によってあなたが名だたる人となったことを不愉快に思う）と
歌ったことへの，反発を含んだ返歌となっているのだろう。彼女にとっ
て，プロペルティウスの詩作が迷惑ならば，詩に縁のある蔦を墓に絡ま
せるよう詩人に求めるのは，奇妙である[7]。
　さらに，pone に矛盾するように思われるのは，85-86 である。79-80
に続いて，彼女は「果実をもたらすアニオ川が枝の豊かな野に横たわ
り，ヘラクレスの霊験によって決して大理石が色褪せない場所がある。

1979, Warden 1980, Fedeli 1984¹ (1994²), Goold 1990, Dimundo 1990, Luck 1996, Heyworth
2007b, 471-472. 一方，Sandbach の提案を支持せず pelle と読む人は，Richardson 1976, Komp
1988, Viarre 2005¹ (2007²), Giardina 2005, Hutchinson 2006, Flach 2011. ただし Giardina 2010 は，
sterne という独自の修正案を提示している。

　　6)　Rothstein 1966, ad loc は，2.13.25-26（sat mea sat magna est, si tres sint pompa libelli,/
quos ego Persephonae maxima dona feram 私の行列は十分大きなものである，もし 3 冊の本
が行列を作るならば。それらをば私はペルセポネへのこの上ない）を挙げて，ここでキュン
ティアは供儀として作品の焼却を求めていると見る。しかし，laudes desine habere meas（78）
（私の誉れをあなたのものにするのは止めてください）は，プロペルティウスが自分のことを
歌った作品で文学的名声を得ることに対するキュンティアの拒否反応である。この彼女の否
定的態度は，詩人が自己の創作を誇りに思っている 2.13 とは対立する。だから，供儀が問題
になっているとは考えられない。通常，詩を焼却するあるいは水中に投げ込む行為は，作品
を記憶から抹消することである。Cf. Catul. 36.7; Tib. 1.9.49-50; Hor. *Carm.* 1.16.1-4; Ov. *Am.*
3.1.57-58; Ov. *Ars.* 3.340; Mart. 1.5; 3.100; 5.53.2.
　　7)　Cf. Hutchinson 2006, ad loc; Richardson 1976, ad loc.

ここで，柱の真中に私にふさわしい詩を記すがよい。しかしそれは，短くて都から急いでやってきた旅人が読むことができるようなものである」(81-84) として，その文言を，以下のように指定する。

> HIC TIBURTINA IACET AUREA CYNTHIA TERRA:
> ACCESSIT RIPAE LAUS, ANIENE, TUAE.　　　(4.7.85-86)
> （ここティブルの地に横たわるは，黄金のキュンティアなり。アニオ川よ，汝が岸辺は誉れを得たり。）

　ここから察するに，彼女は自身がアニオ川の流れるティブルの地に，改めて埋葬されることを求めているように思われる。彼女の墓については，すでに 3-4，43-44，53-54 の 3 箇所で言及がある。もしここでも，（どこにあるか明言されていないが）現在の墓が問題になるならば，その場所を改めて 81-82 のように描写する必要はない[8]。83-86 で言われている墓が新しく立てるべきものならば，79-80 で蔦を今ある墓に絡ませてくれと求めるのは，奇異な感じがする。また自分にふさわしい詩は，このような極めて素朴で簡潔な 2 行だと思うならば，彼女はローマのカリマコスを自任する，洗練されたプロペルティウスの文学との関わりを拒絶しているように見える[9]。
　この他，プロペルティウスの創作について彼女が言及しているのは，以下の couplet である。

> non tamen insector, quamvis mereare, Properti:
> longa mea in libris regna fuere tuis.　　　(4.7.49-50)
> （とはいえ，プロペルティウスよ，そうするのが当然だとしても，私はあなたを追及しません。あなたの作品における私の支配は長く続きました。）

---

　8)　Komp 1988, 100 は，アニオ川沿いの魅力的な風景に着目し，4.7.4（murmur ad extremae nuper humata viae）で言及されている墓との食い違いを指摘する。

　9)　Hutchinson 2006, ad 4.7.79-80. また Komp 1988, 104 や Stroh 1971, 182 は，ここに et tua transibit contemnens ossa viator,/ nec dicet "cinis hic docta puella fuit."（2.11.5-6）という詩句に対するキュンティアの反発を読み取る。

通常，「プロペルティウスの文学において彼女の支配が長く続いたこと」は，「キュンティアがプロペルティウスを追及しない」ことの根拠と見なされている。だとすれば，この2行はキュンティアが自身を題材としたプロペルティウスの詩集を肯定的にとらえていることを意味するから，pone の読みの妥当性を示唆するかも知れない。しかし，Warden が指摘するように，50 を quamvis mereare（49）の理由付けと見なし，「キュンティアが長いあいだ彼の恋人だったからこそ，本当のところプロペルティウスは追及されて当然」という論理関係があると見ることもできる[10]。以降（51-70）の論理的な筋道を追ってみると，キュンティアは自らが彼に誠実だったことを誓い（51-54），nam gemina est...（55）以下が示すように，自分が罪なき婦人たち（sine fraude maritae）とエリュシウムに暮らしていることをもって，そのことを実証しようとしている[11]。つまり，彼女によれば，彼女は彼を誠実に愛するが故に彼を「追及しない」のであり，彼の「不実の多くの罪について口を閉ざす（celo ego perfidiae crimina multa tuae［70］）」ことになる。だから，プロペルティウスの作品で自身が中心に扱われてきたことは，彼女の彼に対する寛容とは無関係である。

　このように作品の趣旨の一貫性に着目した場合，もっぱら文学的常套に基づく修正案 pone を，伝統的な読み pelle に優先しても採用する積極的根拠は見当たらない。むしろ，pelle の正しさが裏付けられるように思われる。本章では pelle の読みを支持するが[12]，それがいかなることを意味するのかを，作品全体の解釈を通じ見極めたい。

2　プロペルティウスの背信

　しばしば指摘され，解釈の前提にもなっているが，4.7 におけるキュ

10）　Warden 1980, 37.

11）　Dimundo 1990, 58; ead. 2012, 332.

12）　pone を支持する研究者は，蔦が墓に加える危害の含意を払拭するために，写本の pugnante（抗う）を praegnante（膨らんでいる）に，さらには写本の alligat を接続法の alliget に改変するが，pelle を生かすことによって，これらはまったく必要のない修正ということになる。

40 第2章 キュンティアの亡霊

ンティアとプロペルティウスの関係は,『イリアス』第23巻のパトロ
クロスとアキレウスの関係を踏まえている。たしかに,①一方が亡く
なった者の死を悲しんでいる,②二人には強い絆があった,③亡霊が枕
辺に現れ生者の眠っていることを詰る,④亡霊が生者に指示を与える,
⑤亡霊が生者の死後同じ骨壺に収められることを願う,といった枠組み
は同じである。随所の言葉遣いを見ても,4.7 が Il. 23 を手本にしてい
ることは明らかである[13]。しかし,4.7 には手本にはない要素も含まれて
いる。以下はその一つだろう。

> spirantisque animos et vocem misit; at illi
> 　　pollicibus fragiles <u>increpuere manus</u>.　　　　　　(4.7.11–12)
> （彼女は生きているような息と声を発した。だが,彼女の手はもろ
> く親指がポキポキと鳴った。）

　夜中,夢現の状態で寝台に横たわっている詩人の枕辺に現れた彼女。
詩人の注意を惹きつけるように指を鳴らす仕草は,不気味で陰鬱であ
る。それは,対極的とはいえ,以下のような 3.10 冒頭の（カメナと呼ば
れる）ムーサの身振りを想起させる[14]。

> Mirabar, quidnam visissent mane Camenae,
> 　　ante meum stantes sole rubente torum.
> natalis nostrae signum misere puellae
> 　　et <u>manibus</u> faustos ter <u>crepuere</u> sonos.　　　　(3.10.1–4)
> （いったい何故,朝にカメナたちが訪れたのかと私は驚いた。彼女
> たちは太陽が赤くなった折,私の寝床の前に立っていた。我が乙女
> の誕生日のしるしを送り,三度手で幸先の良い音を立てた。）

---

　13)　たとえば,以下のような照応関係が認められる。4.7.1–2~Il. 23.103–104; 4.7.3~Il.
23.68; 4.7.7–8~Il. 23.66–67; 4.7.14~Il. 23.69; 4.7.31–32~Il. 23.194–198; 4.7.33–34~Il. 23.218–
221; 4.7.94~Il. 23.83–34, 91–92; 4.7.96~Il. 23.99–100. なお,プロペルティウスのホメロス詩句
模倣箇所については,cf. Berthet 1980, 154–155。
　14)　Rothstein 1966, ad loc.

女神たちは，キュンティアの誕生日の朝，まだ眠っているプロペルティウスの前に現れ，彼を目覚めさせる。その際に彼女らが指を鳴らす合図とともに，彼は今日が，誰も不幸な目に遭わない良き日であることを祈る。それから，キュンティアにはめでたい折にふさわしい身繕いをするよう促し，また賑やかで屈託のない宴の準備を指示する。盃を重ねた後には，「ウェヌスの定める夜のお勤め」を二人で行うよう恋人に念を押す。

いかなる不幸の予感も兆候も払拭し，ひたすら幸福と喜びを願う 3.10 において，詩人が彼女に言い聞かせるのは以下のような言葉である。

　　et pete, qua polles, ut sit tibi forma perennis,
　　　inque meum semper stent tua regna caput.　　　　　(3.10.17–18)
　　（求めるがよい，あなたにあなたの力の拠り所である美貌が永遠に備わるよう，そして我が頭上には常にあなたの王国が立つように。）

tua regna（あなたの王国）は，第 3 節で詳述するように，愛の隷属（servitium amoris）を基調とするプロペルティウス文学のキーワードである。そして，第 1 節で検討した 4.7 の longa mea ... regna（50）とともに，冒頭近くに置かれた以下の状況設定の詩行とも呼応関係にあるだろう。

　　cum mihi somnus ab exsequiis penderet amoris
　　　et quererer lecti frigida regna mei,　　　　　(4.7.5–6)
　　（愛する人が葬られてからというもの，「眠り」は私の上で宙づりになり，私は我が寝台の王国が冷めたいことを嘆いた頃）

王国の主の不在，独り寝の悲哀を嘆く彼の姿は，かつて王国の永遠を能天気にも願った 3.10.17–18 を想起させ，プロペルティウスの祈願が空しかったことを端的に言い表す。3.10 の祝祭の喜びとは裏腹に，キュンティアが死したムーサのように詩人の前に現れ，埋葬に対する恨み言を述べるという 4.7 の状況は，プロペルティウスの祈願の無効，ひいては彼の詩作自体の無力をも印象付ける。

42　　　第 2 章　キュンティアの亡霊

　4.7 は，プロペルティウスの過去の作品を振り返る。そして，その空しさ，欺瞞，偽善を浮かび上がらせる。キュンティアは，生前自分が詩人を熱烈に，献身的に愛していたことを彼に想起させる。彼女は，窓から綱を下し，これを伝って下で待つ彼に向かって降りるという危険を何度も冒した（16-18）。しばしば激しい情欲の虜になって，二人は夜の三叉路に外套を敷いて愛し合った。三叉路が恋人の情事の場所となっていることは（19-20），詩人自身も歌ったものである[15]。しかし，彼女には，詩人がそのような過去の営みをもう忘れてしまっているように思われる。

　　　　foederis heu taciti, cuius fallacia verba
　　　　　　non audituri diripuere Noti!　　　　　　　　　　　（4.7.21-22）
　　　（おお物言わぬ誓い！　その嘘つきの言葉を，聞く耳をもたない北風が奪い去った）

　彼女はこのように嘆き，臨終に際してのプロペルティウスの冷淡な態度を非難し始める。詩人は第 1 巻から第 3 巻にかけて，自分の死を想像したり，葬儀の手順を彼女に事細かく指示したりした。彼にとって，キュンティアの愛情が欠けた弔いなど，考えられない（考えたくない）ものだった。ところが，逆にいざキュンティアに先立たれてみると，プロペルティウスの態度は彼女への愛情がまったく欠けた冷ややかなものだった。これは，愛の盟約（foedus amoris）に対する明らかな違反である。

　　　　at mihi non oculos quisquam inclamavit euntis:
　　　　　　unum impetrassem te revocante diem:
　　　　nec crepuit fissa me propter harundine custos,
　　　　　　laesit et obiectum tegula curta caput.
　　　　denique quis nostro curvum te funere vidit,
　　　　　　atram quis lacrimis incaluisse togam?

---

　15)　Cf. 1.16.39-40; 2.17.15-16; 3.14.21-22.

2 プロペルティウスの背信　　　　43

si piguit portas ultra procedere, at illuc

　　iussisses lectum lentius ire meum.

cur ventos non ipse rogis, ingrate, petisti?

　　cur nardo flammae non oluere meae?

hoc etiam grave erat, nulla mercede hyacinthos

　　inicere et fracto busta piare cado.　　　　　　　(4.7.23-34)

（だが，誰一人として逝かんとする私の目に声をかけなかった。あ
なたが呼べば，私は一日を得ることもできました。私のために，裂
けた矢を番人が鳴らすこともなく，短い瓦が頭を傷めつけます。そ
もそも，誰が私の葬儀にあなたが身を届めて，黒のトガを涙で熱く
するのを見たことかしら？　もし城門より先に出るのが嫌だったな
らば，せめてそこに行くまで，私の棺がゆっくり進むように命じて
くれればよかったわ。何故，不人情な人よ，あなた自ら火葬壇に風
を求めなかったのかしら？　何故，私の炎には，甘松の香りがしな
かったの。ただで得られるヒュアキントスを投げ，酒甕を割って火
葬壇を浄めること，こんなことも大変なことだったのかしら。）

　Goold が指摘するように[16]，4.7.23-24 は 2.27.15-16（si modo clamantis
revocaverit aura puellae,/ concessum nulla lege redibit iter. ただ乙女の叫ぶ声を
乗せる風が彼を呼び戻すならば，いかなる法によっても認められない道を引
き返すだろう）と比較し得る。恋する者は，たとい冥府の河を渡ろうと
しているときでも，自分を呼ぶ乙女の声が風に乗って届くならば，どん
な法によっても許されない後戻りをするだろう。そのように詩人自身歌
いながらも，彼は臨終の自分に呼びかけてくれなかったとキュンティア
は恨む。また詩人は 1.19 で，冥界に入った後も新妻ラオダミアを忘れ
ることができず，束の間にせよ我が家に帰ることができたプロテシラオ
スの故事を引き合いに出した（1.19.7-10）。しかし，彼女の言葉（4.7.24）
によれば，詩人自身はそのような神話上の規範に従わなかった[17]。

　自分が亡くなった際の理想の葬礼について，2.13.27-30 でプロペル
ティウスはキュンティアに「あなたは，むき出しにした胸を傷つけて我

---

16)　Goold 1966, 90.

17)　Dimundo 1990, 41.

が後を追いかけ，我が名を叫ぶことに倦み疲れてはならぬ，シリアの香油に満ちた壺が捧げられるとき，冷たくなった唇に最後の接吻を重ねよ」と指示した。2.24.51-52 では，高貴な人や金持ちは君を弔ってくれないだろうから，「私があなたの骨を拾う者になろう。だがお願いだから，あなたの方がむしろ髪を振り乱し，はだけた胸を叩いて私のことを嘆くがよい」と頼んだ[18]。しかし実際は，葬礼の行列には最後まで付き合わず，しかもこれを一刻も早く切り上げようとした (29-30)。服を引き裂いて胸を叩いて悲しむどころか，彼は肩を落とすこともなく，熱い涙を流して喪服を濡らすこともなかった (27-28)。3.16.23-24 で詩人自身，香油や献花についての指示を彼女に行っているのに，遺体焼却に際して香油を捧げるという大事な務めを欠き，炎が勢いよく燃えるよう風を乞い願うこともなく (4.7.31-32)，焼却後に花や酒を献ずることすら怠った (4.7.33-34)。

　要するに，プロペルティウスが自作に託した願望は，キュンティアの死という事件で裏切られたばかりではない。彼自身が思い描き，恋する人に押しつけてきた情熱的な愛の理想形は，彼自身が破ったのである。

3　王国の崩壊

　ウェルギリウスの『牧歌』において，牧歌（または牧歌世界）は「森」と称される。「森を歌う」といえば，牧歌を歌うことを意味する[19]。一方，プロペルティウス作品において，「王国・支配 (regna)」とは，domina と呼ばれる支配者キュンティアを中心とする恋愛詩の世界の象徴だろう[20]。すでに述べたように，4.7 で詩人は長く続いた王国が終焉したことを嘆いている (cf. 6, 50)。キュンティアは「富貴な連想のもとに描かれ

---

18) Syndikus 2010, 340.

19) Cf. Verg. *Buc.* 4.3; 10.63.

20) regnum が恋愛詩の世界，キュンティアによる王国を言い表している例は，1.8.32; 2.16.28; 3.10.18; 4.7.6; 4.7.50. Cf. Tib. 1.9.80; 2.3.59. 実際の王国と恋愛詩の世界との双方が含意されている例は，1.14.24; 2.9.49; 4.4.90. imperium や ius も regnum 同様，キュンティアの詩人に対する支配を表す言葉として用いられる。Cf. La Penna 1951, 192; Dimundo 1990, ad 4.7.50.

　　　　　　　　　　　3　王国の崩壊　　　　　　　　　　45

ている」[21]が，それは彼女が失われた王国に君臨した者として現れていることを意味する。緑柱石（9）も，自画像を刻んだ黄金の装飾品（47-48）も，ティブルの地の立派な墓碑も，やんごとなきアンドロメダやヒュペルメストラと一緒に暮らすという死後の身分も，高貴な存在にふさわしい。王国には，君臨するキュンティアに仕える者がいる。傅く者（かしず）がいる。プロペルティウスはその筆頭である。言うまでもなく彼の多くの詩は，彼女の支配に屈する自らの心理，あるいは彼女と自らの関係に焦点を当てるが，ときに王国の日常自体を生き生きと映し出す。女王を取り巻く下僕や下女らの営みが活写される。3.6は，まさにそのような作品である。

　プロペルティウスは3.6の冒頭で，キュンティアの下僕であるリュグダムスに呼びかけ，彼女の様子をすべて偽りなく話すよう命ずる。彼は，女主人が詩人の不在を嘆き，彼の浮気を非難していることを報告する。

　　　　tristis erat domus, et tristes sua pensa ministrae
　　　　　　carpebant, medio nebat et ipsa loco,
　　　　umidaque impressa siccabat lumina lana,
　　　　　　rettulit et querulo iurgia vestra sono:　　　　　　　　　　（3.6.15-18）
　　　　（邸は侘しく，侘しく召使たちが割り当て分の糸を紡いでおりました。真中で彼女ご本人も糸を撚っており，羊毛を目に押し当てて濡らし，目を乾かしていました。そして嘆きの声で，あなた方に対する非難を口にしていました。）

　邸全体が悲しく打ち沈み，悲しく召使たちが糸を紡いでいる光景（15-16）は，恋人に捨てられた女主人の悲哀を，彼女に仕える者らも心情として共有していることを意味するだろう。以下，キュンティアの嘆きの言葉が直接引用の形で続く（19-34）。彼女は自分には何の咎もないと下僕に訴える。自分を出し抜いた恋敵がプロペルティウスを「（彼女自身の）魅力ではなく，薬草によって」誘惑したと言い，「ロンブスの輪」，

────────────
　21）　高橋1988, 46.

「蟇蛙の血」，「干上がらせた蛇から集めた骨」，「墓石のあいだに見つけた梟の羽」や「弔いの床から奪った羊毛の帯」など魔術的な効力を持つと信じられている怪しげなもの，気味の悪いものを列挙する。そして，彼女は恋人と恋敵が情交の悦びを得られないよう呪詛する。

　さて，4.7 に戻って考察を重ねてみる。4.7.35 でキュンティアは非難の矛先を，プロペルティウスからリュグダムスに突然変える。Lygdamus uratur（35）という詩句は，ただちに 3.6 を連想させる。ただし，3.6 でリュグダムスは，彼女が自身と詩人との仲を，修復する大事な役目を任せるほど信頼する「忠僕」として登場しているが，4.7 ではノマスなる薬草を用いる下女（37–38）と示し合せ，女主人に毒を盛った反逆者らしい。もちろん，39–40 や 71–72 から察せられるように，この毒殺の首謀者は恋敵クロリスであり，彼女は現在プロペルティウスを支配し，王国の主になろうとしている[22]。彼女が 3.6 の恋敵と同一人物か否かは不明だが，キュンティアは 3.6 で，自らの王国が魔術で脅かされていることを訴えているから，その危機意識が杞憂ではなかったことを言い表している。

　キュンティアに仕えていた多くの召使は，新しい女主人にまるでなじむことができない。quae modo per viles inspecta est publica noctes,/ haec nunc aurata cyclade signat humum;（少し前まで安値の夜伽で公に求められた女が，今や黄金の上着を引きずって地面に痕跡を残す。[4.7.39–40]）は，成り上がりの女が，自分の身の丈に合わない豪華な服を着て歩き回っている姿を戯画化しているのだろう[23]。かつて女主人を真中にして，彼女と悲嘆を共有して糸を紡いだ下女ら（とりわけペタレやララゲ）は，キュンティアへの忠義や愛を告白し表現することで，クロリスから冷酷な仕

───────────────

　22）　35–38 を 72 の後に移動するという処置は，Postgate が提案し Fedeli, Dimundo e Ciccarelli 2015 も追認するが，とうてい納得できない。とりわけ至福のヒロインらに囲まれてエリュシウムに現在の滞在していることを叙述した後に，リュグダムスやノマスを告発するということはありそうにない（本章第 4 節の議論も参照）。"non tamen insector, quamvis mereare, Properti"（49）と言った後は，キュンティアは穏やかになったように見受けられる。71 以降はプロペルティウスに静かだが断固たる調子で命令を下す。それは激しい憤懣を吐露する 35–38 の口調とは異なる。加えて，伝承の過程でこのような移動が起きた経緯も説明できない。35–38 は本来の場所により一層ふさわしい。

　23）　inspecta est が含む，単なる visa est とは異なるニュアンスについては，Rothstein 1966, ad loc; Dimundo 1990, ad loc。

打ちを受け，虐待される（41–46）。キュンティアもまた，自分に尽くしてくれた下女たちが不憫で，73–76 ではお気に入りのパルテニエ，ラトリスをクロリスから解放するよう命ずるほどである。要するに，主従の理想的な関係はもはや失われ，王国は崩壊しているのである。

　もっとも，キュンティアにとってクロリスの貪欲で不当極まる仕打ちは，以下の 2 行に克明に表現されている。

te patiente meae comflavit imaginis aurum,
　ardente e nostro dotem habitura rogo.　　　　　　（4.7.47–48）
（あなたが許したから彼女は私の像の黄金を溶かしたのです，私の燃え盛る火葬壇から持参金を得ようとして。）

　成り上がり者の彼女は，以前の女主人の記憶を消し去るために，その黄金の像を炎にくべて溶解させ，またこれを我が物とする。47 冒頭の te patiente が強調するように，クロリスの無法なる振る舞いは，プロペルティウスの責任に他ならない。下女すら危険を冒して亡きキュンティアを偲んでいるのに，彼はキュンティアの像が失われることを何とも思わない。そうであれば，自分の記憶を留めた作品を灰塵に帰するがよい（77–78），という彼女の命令も，改めてごく自然なものと理解できよう。

　プロペルティウスは，もはや新たな恋愛詩を創作するための世界を持っていない。そうなったのは，彼が第 3 巻の終わりで，王国の主として奉って来たキュンティアに絶縁状を突きつけたことにある。今や彼女は亡くなり，彼女が復位し王国が再び機能する可能性も完全に断たれた。キュンティアは，プロペルティウスを恨み，クロリスを非難しながら，詩人がもはや恋愛詩人の資格を喪失していることを宣言しているのである。

4　高潔なキュンティア

　自身は恋敵と共謀する奴隷に毒殺され，プロペルティウスが恋敵の横暴を看過しながらも，すでに第 1 節で見たように，キュンティアは，

彼をもはや追及しない（49）。かつてプロペルティウスは，自分の永遠の愛を ossa tibi iuro per matris et ossa parentis/（si fallo, cinis heu sit mihi uterque gravis!）（私は我が母と我が父との遺骨にかけて誓う（もし私が君を欺くのであれば，ああ両親の亡骸の灰が私に対して厳しくあれ［2.20.15-16］））と約束した。キュンティアが自らの誠実さを誓う言葉は，これと響き合う[24]。

> iuro ego Fatorum nulli revolubile carmen,
>   tergeminusque canis sic mihi molle sonet,
> me servasse fidem. si fallo, vipera nostris
>   sibilet in tumulis et super ossa cubet.　　　　　（4.7.51-54）
> （私は誰にもやり直しできない運命の歌にかけて私は誓いを守ります。ですからどうか，三つ首の犬が私にあまり吼えませんように。偽誓の場合，私の墓で蛇が舌なめずりし，骨の上でとぐろを巻いてもかまわないわ。）

　彼女は誠実なのは，むしろ自分の方だと言わんばかりである。
　一通り恨み言を述べてきたにせよ，地上で受けた不当な仕打ちは取るに足らない。それは，後続の部分で述べられているように，彼女は，死後他の至福者とともにエリュシウムに暮らしているからである[25]。彼女は 55-70 において，ごく縮約した形ではあるが，死後の世界を描写している。一見，その描写は純然たる脱線とも思われるかも知れないが，キュンティアの言葉は，ここでも読者にプロペルティウスの前作を想起させる。
　プロペルティウスは 3.19 で，キュンティアが男性の情欲を非難するが，むしろ女性の情欲の方が激しく，また抑え難いことを説こうとした。そこでは，テュロ，ミュッラ，メデア，スキュッラといった女性と並んで，パシパエ（3.19.11-12）とクリュタエメストラ（3.19.19-20）が事例として挙げられている。一方，キュンティアは，この二人に改めて

---

　24)　Fedeli 1965, ad loc; Dimundo 1990, ad loc; Hutchinson 2006, ad loc; Syndikus 2010, 341.
　25)　La Penna 1977, 156.

4　高潔なキュンティア　　　　　　　　　　49

言及することで（4.7.57–58），間接的に自分を神話上の罪深い女たちに
なぞらえ，批判する 3.19 の言説に対し，詩人の見当違いを指摘し，反
論しているように見受けられる。

　59–70 は，2.28 の一節を想起させる[26]。かつてプロペルティウスは，
キュンティアが危篤に陥ったとき，彼女が夭折し，神話上のヒロインの
あいだに混じっている場面を想像した。彼は，「君はセメレに，自分の
美しさがいかに危険かを語るだろう。自らの不幸によって学んだ彼女
も，君を信ずることだろう。ホメロスのあらゆるヒロインたちに混じり
ながら，満場一致で第 1 位の座を得るだろう」（2.28.27–30）と歌った。
詩人によれば，彼女は美しさによって神話上のヒロインたちを凌ぐこと
になる。しかし，4.7 において，彼女をアンドロメダとヒュペルメスト
ラと同列ならしめるのは，明言されてはいないが，美しさというよりも
むしろ高潔さである[27]。アンドロメダは，ポセイドンがアイティオピア
の国を怪獣と高潮によって滅ぼそうとしたとき，危機に瀕する祖国を救
うために罪のない自らを犠牲として捧げた。ヒュペルメストラは，姉
妹が父ダナオスの命令に従って皆結婚相手を殺害したにも関わらず，独
り自分の相手を救った[28]。しかしそのような両者ですら，前世を回想し
て嘆きの言葉を洩らすのに対し，キュンティアは，プロペルティウスの
数々の不実について，彼女たちの前では黙っている。これこそが，彼女
の高潔さ，そしてプロペルティウスに対する永遠の愛の証である。

　詩人の前に亡霊となって立ち現れた彼女は，「その顔面を忘却の河の
水ですり減らしていた（summaque Lethaeus triverat ora liquor［10］）」と
描写されているように，彼のことを忘れようとしても，忘れることが
できない。彼女の唯一の執着は，その結びの言葉 et mixtis ossibus ossa
teram（94）に如実に現れている。すでに指摘されているように，これ
は『イリアス』第 23 巻のパトロクロスの言葉「どうか我らの骨もまた，
同じ骨壺，二つの取っ手がついた黄金の容器が，一緒に納めることにな

---

26)　Syndikus 2010, 341.

27)　Stroh 1971, 180; La Penna 1977, 210.

28)　アンドロメダの妻としての名声は，知られていない。Camps 1965, ad 4.7.63 によれ
ば，詩人が我々の知らない神話ヴァージョンを知っていた可能性もある。あるいは，アンド
ロメダには *suffering* heroine の類型を認めていたので，ここで高徳の女性の一人に数えた。

るように」[29]を踏まえたものだろう。彼女も永遠に詩人と結ばれること
を願っている。

　もっとも，両者の関係は，パトロクロスとアキレウスの関係のみなら
ず，ウェルギリウス『アエネイス』第5巻のアンキセスとアエネアス
の関係にも通ずる[30]。アエネアスはシキリアで艦隊の一部を焼失し，志
していたイタリア行きについて躊躇する。年長者たるナウテスから，旅
を継続するよう叱咤されるが，決意は定まらない。すると，その夜思
い悩む彼の前に亡父が現れ，ナウテスの意見に従うよう諭す。さらに，
クマエの巫女の案内で冥界に降り，自分を訪ねるように命ずる。その
際，彼は自分がタルタルスではなく，エリュシウムに住まうことを確
言する（*Aen.* 5.733-735）。これは，キュンティアがエリュシウムに暮
らしていると述べる箇所に対応する（55-70）。また，アンキセスは去り
際に，torquet medios Nox umida cursus/ et me saevus equis Oriens adflavit
anhelis.（湿った「夜」が行程の中央を折り返し，冷酷な曙が喘ぐ馬どもに
よって私を煽り立てたのだ。[*Aen.* 5.738-739]）と亡霊が地上に留まれる時
間制限のあることを匂わせるが，これはキュンティアが，亡霊は夜のあ
いだ冥界を抜け出るが，朝になると冥界に帰らなければならない掟があ
ると語る箇所（89-92）に相当する。最後に，アエネアスが煙のように
消え行く父の亡霊を必死にかき抱こうとする場面（*Aen.* 5.740-742）は，
第7歌の最終couplet（haec postquam querula mecum sub lite peregit,/ inter
complexus excidit umbra meos. 恨みに満ちた非難とともにこのよう私に対して
話し終えると，幽霊は私が抱擁しようとするのをすり抜けた。[95-96]）に
対応する。

　4.7は，『アエネイス』第5巻におけるアエネアスの亡父との出会い
をも下敷きにしているのだろう。キュンティアもまた，アンキセスに通
ずるような，生者よりも高い叡智を備えた存在として性格付けられてい
る。第4巻冒頭4.1において，プロペルティウスがローマの故事来歴を
題材とした詩を歌うことを宣言する一方で，占星術師ホロスは，詩人が
恋愛詩創作への思いを捨て切れないだろうと予言した（135-146）。キュ

　29）　καὶ ὀστέα νῶϊν ὁμὴ σορὸς ἀμφικαλύπτοι/ χρύσεος ἀμφιφορεύς, (*Il.* 23.91-92)
　30）　『アエネイス』第5巻との関連については，Butler and Barber 1933, ad 4.7.91, 95-96;
Fedeli 1965, ad 4.7.91-92, 96; Dimundo 1990, ad 4.7.91, 96; Hutchinson 2006, ad 4.7.89-94, 96.

ンティアは，そのような詩人を憐れむ。未練がましく恋愛詩に執着する
彼を救おうとして，その前に姿を現している[31]。

ま　と　め

4.7 におけるキュンティアの言葉は，プロペルティウスの詩人として
の地位を危うくする。それは，彼の過去の具体的な作品を想起させる仕
掛けを備え，彼の恋愛詩人としての願いや理想の空しさ，あるいは見当
違いを指摘する。キュンティアに言い聞かせた foedus amoris の理念を，
自らが実践し損ねていることを示す。恋愛詩人であれば守るべきだった
王国，さらには，彼のせいでその記憶すらも失われたことを非難する。
それは，彼女が文学的な蔦の拒絶を意味する読み，pelle の正しさを裏
付けることにもなる。

　しかし，文芸を拒絶してもなお，キュンティアは亡霊となってプロペ
ルティウスの許を訪れる。死したキュンティアには，もはや詩によって
現世で永遠化されたいなどという望みはなく，死後の世界で彼を独占す
ることが唯一の願いである。彼女の愛こそは，生死を超越した本物の愛
であり，恋愛詩の理想だろう。一方，プロペルティウスは「ローマのカ
リマコス」を自称しても，芸術的欲求は満たされない。「キュンティア
の亡霊を登場させたり（4.7），再び生けるキュンティアの奔放な振る舞
いを描いたことは（4.8），恋愛詩への心残りを意味し，それを捨てた良
心の呵責を象徴する」[32]。4.7 は，亡霊の言葉を借りて彼の内なる葛藤を
具現化し，恋愛詩を捨てたことへの後悔を表明した詩である[33]。

---

31)　4.7 におけるキュンティアのプロペルティウスに対する態度については，Günther
2006, 382.

32)　中山 1995, 208.

33)　4.7 と並び，後続の 4.8 でもキュンティアが登場する。そこで，両者の関係につい
て少し述べておく。詩人が離縁したキュンティアが，亡霊として現れるのが 4.7，生者として
現れるのが 4.8 である。したがって二つの歌は，互いに排反する。しかし，離別後の再会と
いう主題を共有する双子の歌でもある。また，本章で述べたように，4.7 は彼女の王権が永久
に失われたのに対し，4.8 では回復された。プロペルティウスは，同一ないし類似した状況設
定で二つの異なる歌を創作し，隣接させることがある。たとえば，1.8a–b, 2.29a–b, 2.33a–b
である。この 4.7 と 4.8 のペアにも，詩人一流の遊びに則った配列を見ることが可能だろう。

第 2 章　キュンティアの亡霊

Cf. Warden 1996; Wyke 2002, 104. なお，4.7 と 4.8 の関係については，本書第 3 章のまとめに
おいても，論じている。

第3章

帰ってきたキュンティア
──プロペルティウス第4巻第8歌──

は じ め に

　プロペルティウスは，第3巻の終わりで（第24歌−第25歌），恋人キュンティアとの決別を宣言する。同時に，それまで創作の中心にあった彼女との恋愛も，自己の文学の主題としては一旦棄却する。たしかに，続く第4巻ではローマの宗教や故事，現代の出来事が主に扱われるようになる。また，第4巻第1歌（以後4.1のように記す）は，新しい創作の方向を示したものであり，詩人は以下のようにその抱負を述べている。

Ennius hirsuta cingat sua dicta corona:	61
mi folia ex hedera porrige, Bacche, tua,	62
moenia namque pio coner disponere versu:	57
ei mihi, quod nostro est parvus in ore sonus!	
sed tamen exiguo quodcumque e pectore rivi	
fluxerit, hoc patriae serviet omne meae.	60
ut nostris tumefacta superbiat Umbria libris,	63
Umbria Romani patria Callimachi!	
scandentis quisquis cernit de vallibus arces,	
ingenio muros aestimet ille meo!	
Roma, fave, tibi surgit opus, date candida, cives,	

omina, et inceptis dextera cantet avis!

sacra diesque canam et cognomina prisca locorum:

has meus ad metas sudet oportet equus.　　　　　(4.1A. 57-70)[1]

（エンニウスには粗い花冠で言葉を編ませるがよい。バックスよ，私には汝の蔦から葉を伸ばしてください。というのも，私は城壁を敬虔なる詩行で建てようと試みるから。悲しい哉，我が口に籠る声音の小さきこと！　しかしそれでも，小さい胸から何であれ言葉の流れが迸り，これが皆我が祖国の役に立つことだろう。こうして，我が詩集をウンブリアは，胸を張って誇らしく思うだろう，ローマのカッリマコスの故郷であるウンブリアは！　誰であれ，谷間から聳え立つ城塞を仰ぎ見る者には，我が才能によって城壁を誉め讃えさせるがよい。ローマよ，好意的であっておくれ。そなたのために作品が生まれる。市民たちよ，輝かしい兆しを与えてくれ。この企てに幸先のよい鳥が囀りますよう。私は祭儀や祝日を，場所の古き呼称を，歌おう。我が馬は，この目標を目指して汗をかくのがふさわしい。）

　おそらく，この一節ほど，プロペルティウスが創作方針を明瞭にしている箇所は少ないだろう。エンニウスは，建国から自らの同時代に至るまでの長いローマの歴史を，叙事詩『年代記 Annales』に歌った高名な詩人である。しかし，プロペルティウスはその壮大であっても拙さを残す作風を忌避する。小規模でも洗練を極め，隙のない作品を完成することを目指した。それが，ローマのカッリマコスとなることだった。

　ただ，カッリマコス主義の表明そのものは以前から行われている。すでに，第2巻の冒頭にも認められる。引用中の「悲しい哉，我が口に籠る声音の小さきこと！　しかしそれでも，狭き胸から何であれ言葉の流れが迸り，これが皆我が祖国の役に立つことだろう」は，「だが，プレグラで起きたユッピテルとエンケラドスの戦闘を，カッリマコスは小さな胸で轟かさないだろう。私の胸も，いかめしい詩行でカエサルの名前をプリギュアの父祖たちに帰することには不向きである（2.1.39-42）」

　1）　行の移動（61-62 を 57 の直前に置く）は，Heyworth 2007a の提案に従った。

を想起させる。詩人本人も，両箇所の結びつきを意識しているだろう。

　しかし，第2巻で，ローマの起源という叙事詩的題材に対する敬遠が認められる一方，第4巻では自らの詩が「祖国（ローマ）」の役に立つことを祈願し，ローマに呼びかけ，その「祭儀や祝日を，場所の古き呼称を」題材とすることに好意的であって欲しいと述べる。このことには，規範となる作家，カッリマコスが縁起譚『アイティア』を創作したという事情もあろうが，やはり詩人の態度の変化に注目すべきだろう。以前は叙事詩的主題を歌うことは避けた。今や，相変わらず叙事詩というジャンルを手掛けることは辞退するにせよ，叙事詩にもふさわしい主題を扱うことには同意している。それどころか，自己の創作をもって国家に奉仕し，故郷に錦を飾ることを目指す。国家から極力距離を置くようにしていた以前のことを思えば，その相違は驚くばかりである。

　こうした創作方針の転換が，詩人自身の内発的動機によるものか，それとも新しい国家体制からの強要によるものか，俄かには判断できない。しかし，縁起譚的な作品を手掛ける方針には，迷いがなかったわけではない。4.1の後半部分（4.1.71-150で，通常独立した歌と解され，4.1Bと呼ばれる）は，ホロスなるバビュロニアの占星術師の発言である。これは，4.1の前半部分（4.1.1-70で4.1Aとされる）でプロペルティウスが表明した方針を，すかさず嘲るような調子で切り出される。

　　Quo ruis imprudens, vage, dicere fata, Properti?
　　　non sunt a dextro condita fila colo. 　　　　　（4.1B.71-72）
　　（どこへ向う見ずにも突き進むのだ，運命を歌うことに血迷う汝，
　　　プロペルティウスよ。幸先のよい錘（おもり）から糸が紡がれはしないのに。）

　ここでは歌を作ることが，糸紡ぎに譬えられている。「運命を歌う」は，『アエネイス』同様，ローマという国家の過去を振り返って，縁起譚を手掛けることを意味するのだろう。しかし，ホロスは詩人の意気込みを冷笑する。占星術師はひとしきり，自分の予言術を自賛したのち，プロペルティウスの詩作について，以下のようなアポッロの提言を想起させる。

at tu finge elegos, fallax opus: haec tua castra!

scribat ut exemplo cetera turba tuo.

militiam Veneris blandis patiere sub armis,

et Veneris Pueris utilis hostis eris.

nam tibi victrices quascumque labore pararis,

eludet palmas una puella tuas:

et bene cum fixum mento discusseris uncum,

nil erit hoc: rostro te premet ansa tuo.

illius arbitrio noctem lucemque videbis:

gutta quoque ex oculis non nisi iussa cadet.

nec mille excubiae nec te signata iuvabunt

limina: persuasae fallere rima sat est.　　　　　(4.1.135-146)

（一方，お前はエレゲイアを，欺瞞の作品を作るがよい。これこそが，お前の陣営である。他の群衆も，お前を手本に詩を書くようにと。お前はウェヌスのうっとりするような武器のもとに戦に耐え，ウェヌスの息子たちにとってくみし易い敵となるだろう。何故なら，お前が労苦によって，どんな勝利のしるしを得ても，一人の女がそれを無に帰するだろう。そして，顎にしっかり固定された鉤をお前が振り払っても，何にもならぬ。お前の鼻づらにはまって，鉤針はお前を押さえつけよう。あの女の意のままにお前は夜も昼も見ることだろう。彼女の命令がなければ，目から涙を落とすこともないだろう。千の見張り役も封印した敷居も，お前の助けにはならないだろう。欺くことを促された女には，（わずかの）隙間さえあれば十分である。）

　占星術師は，プロペルティウスが恋愛文学を棄て切れないことを見抜いている。そこで，恋愛エレゲイアを作り，この方面で先達となることを推奨する。ただ一人の女性への恋に身を捧げ，その支配に隷属するという従来通りの生き方を選ぶことが，彼自身の口によってではないにせよ，予言者によって代弁されていることになろう。もっとも，彼を支配する女性が，キュンティアであるかどうかは言明されてはいない。

　たしかに，第4巻に含まれている4.1以外の歌を見回すと，事実上恋

愛を，もしくは夫婦の絆を主題にしたものが少なくない。恋愛のモチーフを含まない歌は，ウェルトゥムヌス神が自らのことを語っている 4.2,アポッロ神に捧げられた 4.6, そしてユッピテル・フェレトリウスの武器の由来を歌った 4.10 くらいのものである。4.3 は，遠征に行っている夫に宛てた女性の書簡である。4.4 は，タルペイアの森の由来について歌っているが，結局それは敵将に恋い焦れ祖国を裏切る女性の物語である。4.5 には，詩人の恋する女性に恋愛の駆け引きや処世術を指南し，色々と入れ知恵をする遣り手婆が登場する。最終歌である 4.11 は，ローマの貴婦人コルネリア（ルキウス・アエミリウス・パウルスの妻）の，夫や子らに向けた遺言である。ヘルクレスの大祭壇の由来について歌った 4.9 は，一見恋愛詩とは何も関係がなさそうだが，恋愛詩の定番ともいえる恋人の閉め出され状態（パラクラウシチュロン）のパロディーが認められる。

　そして，何よりも 4.7 と 4.8 には決別を告げたはずのキュンティアが再登場する。4.7 では，死したキュンティアが亡霊となって夜間に不眠の詩人を訪れ，恨み言を述べる。詩人が自分の臨終や葬儀において，つれない態度を取ったこと，彼女の死後に別の女性に心を奪われていることなどを非難する。その一方で，自身がエリュシウムで暮らし，詩人への愛を永遠に守ることを告白している。これに対して，4.8 ではキュンティアは生きた姿で登場する。彼女は詩人を裏切って，別の男とローマ近郊のラヌウィウムに出かける。詩人もこれに嫌気がさし，別の女二人を傍らに侍らせ，宴と洒落込む。ところが，そこに突然キュンティアが戻ってきて，宴は痴話喧嘩の場と化す。詩人は散々恋人に噛まれ，引っ掻かれ，打ち据えられた後，ようやく許しを得る。そして二人は，改めて房事に耽るのである。

　死したキュンティアの登場する 4.7 が，元気なキュンティアが登場する 4.8 の前に置かれていることは，読者たちの頭を悩ましてきた。何故この順序なのか。その問いは重要ではあるが，まずは個々の歌に託された詩人の創作意図を考察することが先決だろうと思われる。すでに 4.7 については第 2 章で考察したので，本章では 4.8 について論ずる。

1　キュンティアのラヌウィウムへの遠乗り（4.8.1-26）

4.8 の冒頭は，以下のようになっている。

Disce, quid Esquilias hac nocte fugarit aquosas,
　　cum vicina novis turba cucurrit agris.　　　　　　　（4.8.1–2）
（何が水の豊かなエスクイリアエ（の丘）を昨晩逃げ出させたか，
学ぶがよい，新しい野の近くにいる群れが走ったそのときに。）

エスクイリアエは，プロペルティウスの住まいがあった丘。「新しい
野」は，やはりこの丘に作られて間もないマエケナス庭園を意味するの
だろう。とはいえ，一見したところ，この 2 行だけでは詩人が何を言い
たいのか，よくわからない。「丘を逃げ出させた」というのも変な表
現である。しかし，それは意図的に仕組まれた曖昧さである。続きを読
めばすぐわかるはず，と読者も思い，読み進める。ただし，「すぐわか
るはず」という期待は見事に裏切られる。すぐにはわからない。その直
後の詩行 3–14 では，所変わって，ラヌウィウムの地で伝統的行われて
いる古い祭儀の描写が続くからである。

Lanuvium annosi vetus est tutela draconis,
　　hic, ubi tam rarae non perit hora morae,
qua sacer abripitur caeco descensus hiatu,
　　qua penetrat (virgo, tale iter omne cave!)
ieiuni serpentis honos, cum pabula poscit
　　annua et ex ima sibila torquet humo.
talia demissae pallent ad sacra puellae,
　　cum temere anguino creditur ore manus.
ille sibi admotas a virgine corripit escas:
　　virginis in palmis ipsa canistra tremunt.
si fuerint castae, redeunt in colla parentum,

clamantque agricolae "fertilis annus erit."　　　　　　　（4.8.3-14)

（ラヌウィウムは年老いた大蛇の守る場所。ここは，かくも稀なる
場所，一時足を止めることが無駄にはならない。神聖なる下りが盲
目闇の裂け目で引き込まれる所で，飢えた大蛇への供物が（乙女よ，
そのような道はすべて気をつけるがよい）入り込む所である，蛇が一
年の餌を求め，大地の奥底から舌を震わせ音を出す。そのような供
儀に臨む乙女たちは，顔面蒼白となる，自分の手を蛇の口にうっか
り託してしまったので。蛇は，乙女の手から差し出された餌をかす
め取る。乙女の掌の上では籠が震えている。彼女たちが貞潔なら
ば，親たちの首を再び抱き締め，農夫たちは「今年は豊作となる」
と叫ぶだろう。）

　ラヌウィウムはソスピタ・ユノー神の信仰で有名な場所である。ここ
には，深い穴があって，大蛇が潜んでいる。大蛇はこの地の守護神の化
身であり，毎年麦菓子の供物が献じられる。その供物を運ぶ役目を負う
のは，土地の若い女である。彼女が処女ならば，蛇は差し出した供物を
口にすることになっており，実際に口にすれば，農夫たちはその年の豊
作を確信するのである[2]。
　4.8.3-14 を読むと，詩人は自らに課している，祝祭やその起源につい
て歌おうとしているかのように見える。しかし，ラヌウィウムの話はこ
れだけである。ラヌウィウムとローマのエスクイリアエに何の関係があ
るのかと思っていると，再び読者ははぐらかされる。直後の 15-16 で
は，以下の通りに言われている。

---

　2)　アイリアノス *Aelianus* は，『動物奇談集 *De Natura Animalium*』（11.16）において以
下のように，この儀式を紹介している。「実際ラウィニウムには大きく鬱蒼とした森が崇拝さ
れ，すぐ近くにアルゴリス・ヘラ（ユノー）の神殿がある。この森のなかには，大きく深い
洞穴がある。そして蛇のねぐらがある。儀式に仕える乙女らが，定められた日に，手に大麦
でできた供物を携え，目を帯で覆って森へと入る。神々しい息吹が，彼女らを蛇のねぐらへ
と導き，彼女らは転ぶことなく，静かに，ゆっくりと，まさに目を覆われておらず，目が見
えているような具合で進んでゆく。そして彼女らが処女ならば，蛇はそれを聖なるものとし
て，神に愛された動物にふさわしい供物として受け入れるのである。しかしもし処女でなけ
れば，供物はそのままである。純潔を汚したことを予め知り，お見通しなのである。蟻たち
が，簡単に運べるように，汚された乙女の供物を細かくすりつぶし，森の外へと運んでゆき，
その場所を清める。土地の者たちに起こったことが知られ，森に入った乙女は審問される。
貞節を汚した乙女は，掟に基づく罰を受ける」。

huc mea detonsis avecta est Cynthia mannis.

causa fuit Iuno, sed mage causa Venus.　　　　　(4.8.15–16)

（ここへ，たてがみを切りそろえた仔馬らに引かれてキュンティア
が来た。その理由は，ユノーということだったが，実際はむしろ
ウェヌスである。）

「たてがみを切りそろえた仔馬」は洗練，粋の表れである[3]。自身のみ
ならず車を引く仔馬らにまでお洒落を施し，これ見よがしの道中とな
る。遠出の表向きの理由は，ユノーへの参詣だが，実際は情事を楽しむ
ためである。以後 17–26 では，彼女と浮気相手との見栄と贅を尽くし
た道中が，辛辣な皮肉を込めて描写される。

Appia, dic quaeso, quantum te teste triumphum

egerit effusis per tua saxa rotis!

[turpis in arcana sonuit cum rixa taberna;

si sine me, famae non sine labe meae.][4]

spectaclum ipsa sedens primo temone pependit,

ausa per impuros frena movere locos.

serica nam taceo vulsi carpenta nepotis

atque armillatos colla Molossa canis,

qui dabit immundae venalia fata saginae,

vincet ubi erasas barba pudenda genas.　　　(4.8.17–26)

（アッピア街道よ，そなたを証人としてそなたの石畳の上で車輪を
転がし，彼女がどれほど凱旋を行ったか，言っておくれ。［みっと
もない喧嘩が見知らぬ酒屋で聞こえたときに。私が不在ならば，私
の名誉は失墜する。］彼女は自身を衆目に晒して座し，梶棒の先端
に凭れ掛り，いかがわしい場所を通って手綱を動かすことをものと
もしない。実際，毛を抜いた伊達男の絹の馬車や，首に腕輪を巻い

---

　3)　Rothstein 1966, ad loc.

　4)　この 2 行は，キュンティアの遠出の描写を妨げている。Hanslik 1979 や Goold 1990
は 1–2 の直後に移動する。Barber 1953, Heyworth 2007a, Hutchinson 2006 は削除している。
ここでは，Barber らの考えに従って，削除を表す記号［　］を付けた。

たモロッソス犬[5]については言うも憚られる。男は自らの境涯を，おぞましい剣闘士の食事に売り渡すことだろう，恥ずべき髭が剃った頬を凌ぐ頃には。）

　まず，処女性が重んぜられる祭儀が行われるラヌウィウムに，情欲過多にして浮気者のキュンティアが参詣するということ自体が皮肉られている。キュンティアは，男勝りと言おうか，凱旋将軍のように振る舞う。人目を憚ることなく，征服者として自ら馬車を操る。一方，彼女の同乗者の方が女性的であり，まだ少年のように思われる。いたって柔弱であり，脱毛している。恋人が自分を棄ててこんな男を選ぶとあれば，詩人の憤懣も理解できる。しかし，脱毛できるのも時間の問題だろう。そして髭が濃くなり，勢いを増す頃には，愛想を尽かされるのがオチである。もっとも，彼女相手に散財していれば，早晩破産する。そして，剣闘士になるまで没落することだろう。

　キュンティアの度重なる浮気目的の遠出については，2.32.3-6 でも歌われている。そこでは，プラエネステ，アエアエア，ティブルの地とならんで，ラヌウィウムも逢引の場所として挙げられている。4.8 で，とくにラヌウィウムが選ばれ，しかもその祭儀が 3-14 で描写されているのは，それなりの理由があろう[6]。単にキュンティアがその場所に出かけたということだけで，3-14 のように祭儀の模様が述べられるとは思われない。祭儀描写の 4.8 における役割については，改めて後述することにして，まずは後続部分を考察する。

　5）　モロッソス犬はエペイロス地方の産であり，主に猟犬として用いられる。とくに贅沢な品種というわけではない（Fedeli–Dimundo–Ciccarelli 2015, 1043）。おそらく，Coutelle 2015（829）が考えるように，扉を守る番犬としての役割を負っているのだろう。番犬が，人目を忍んで恋人を訪ねる詩人にとって，いまいましい存在であることは，4.5.73-74 にも言及されている。この他，cf. Tib. 2.4.31-32. 腕輪は贅沢な品であるが，これを男が身につけるとすれば軟弱さの表れである。ここでは，そのような品を獰猛な番犬に身につけさせているところに悪趣味を感じさせる。

　6）　この問題をもっとも突き詰めて考えているのは，Walin 2009-2010 である。ただし，4.8 のキュンティアとラヌウィウムの大蛇との関連づけには，強引な点が目立つ。たとえば，Cynthia gaudet in exuviis（4.8.63）の exuviis には，「戦利品」の他に，「（蛇の脱皮）の名残」の意味を読み取り，キュンティアに蛇に通ずる特性を見ようとしている（146）。

2　興ざめの宴（4.8.27-48）

　キュンティアの度重なる外出の後，プロペルティウスはピュッリス，テイアなる二人の遊女を呼んで，恋人に捨てられた憂さを晴らそうとする。

> cum fieret nostro totiens iniuria lecto,
> 　mutato volui castra movere toro.　　　　　　　　　（4.8.27–28）
> （かくも度重なる不義が我が寝台になされていたので，私は閨の床を変え，陣営を移すことに決めた。）

　憂さ晴らしの決意表明を述べたこの一節は，注目すべき言葉遣いを含む。「ベッド」を意味する lectus（27）も torus（28）も，恋愛詩の文脈においては，当然ながらどちらも等しく男女の肉体関係を象徴している。さらに，「陣営」を意味する castra（26）は，すでに「はじめに」でも引用した詩行 tu finge elegos, fallax opus: haec tua castra!（4.1.135）（お前はエレゲイアを，欺瞞の作品を作るがよい。これこそが，お前の陣営である）と比較し得るだろう。castra がここでも恋愛エレゲイア詩を比喩的に意味するならば，詩人は恋愛詩という「陣営」を，相手を変更することで，継続することになる。his ego constitui noctem lenire vocatis/ et Venere ignota furta novare mea.（4.8.33–34）（彼女ら［ピュッリス，テイア］を呼んで夜を慰めよう，そしてまだ知らないウェヌスによって私の秘め事を一新しようと決意した）は，情事の実行のみならず，新しい恋愛詩を開拓しようとしたことを言い表している。

　プロペルティウスは，どんな詩を新たに手掛けようとしたのか。それは，以下に続く詩行から推し量ることができるだろう。

> unus erat tribus in secreta lectulus herba.
> 　quaeris concubitus? inter utramque fui.
> Lygdamus ad cyathos, vitrique aestiva supellex

2 興ざめの宴　　　　63

et Methymnaei Graeca saliva meri.

Nile, tuus tibicen erat; crotalistria Phyllis,

　　haec facilis spargi munda sine arte rosa.

Magnus et ipse suos breviter concretus in artus

　　iactabat truncas ad cava buxa manus.

sed neque suppletis constabat flamma lucernis,

　　reccidit inque suos mensa supina pedes.

me quoque per talos Venerem quaerente secundos

　　semper damnosi subsiluere canes.

cantabant surdo, nudabant pectora caeco:

　　Lanuvii ad portas, ei mihi, totus eram;　　　　　　（4.8.35–48）

（人目につかない草地に，三人用の寝台が一つあった。君は配置を
尋ねるか？　私は二人のあいだにいた。リュグダムスは杯の係。夏
用の硝子容器があり，メテュムナの生酒のギリシアらしい芳香。ナ
イル川よ，汝の喇叭奏者があり，カスタネットを鳴らすはピュッリ
ス。化粧が無くとも美しい彼女は，手際よく自らに薔薇をふりかけ
る。そしてマグヌスが自分の四肢を短く縮めて，縮こまった手で空
洞の黄楊（の管）を携え，しきりと指を動かす。しかし，ランプの
油は満ちていても炎は不安定で，食卓は足を投げ出し，仰向けに
ひっくり返った。私は骰子で幸先よい「ウェヌス」を狙っていた
が，いまわしい「犬」しか出なかった。連中は聞く耳持たぬ私に歌
い，見えない私の前で胸をさらけ出していた。ラヌウィウムの門の
ことで，嗚呼，私の頭は一杯だった。）

　37-38 は動詞が省かれ，新しい恋の構成要素が列挙されているような
一節である。詩人は，二人の女性を両脇に侍らせる。従僕が，贅沢な器
を用いて上等な酒を酌む。美女がカスタネットを鳴らし，そしてマグヌ
ス（大きい）と呼ばれる侏儒が笛を吹く。享楽的で，どことなく退廃的
な風情も感ぜられる。酒と恋と音楽。まるでアナクレオンの詩を思わせ
る魅力的な宴の場面である[7]。

　　7）Currie 1973（617）は，遊女の一人テイア（Teia）が「テオス（Teos）島の女」を
意味すること，そしてテオス島がアナクレオン生誕の地であることを指摘している。Cf.

64 第3章 帰ってきたキュンティア

　ところが，宴の雰囲気は一向に盛り上がらない。ランプの炎がくすぶったり，食卓がひっくり返るなど不吉な兆しに見舞われる。さらに詩人は骰子遊びで，幸先のよい目「ウェヌス（Venus）」を狙うものの，出るのは最悪の目「犬（canes）」ばかりである。キュンティアに見切りをつけた恋愛遊戯に，愛の女神ウェヌスからそっぽを向かれているような具合になった。女たちがせっかく歌い，乳房を見せてくれても喜べない。心ここにあらずで，むしろ彼はキュンティアがいるはずのラヌウィウムの門に，思いを馳せるのだった。

　そのようなプロペルティウスの姿は，Hutchinson も指摘するように，ウェルギリウス『牧歌 Bucolica』第10歌の恋愛詩人ガッルスの姿を連想させる[8]。恋人リュコリスに捨てられたガッルスは，牧歌の聖地アルカディアに我が身を置いている。心優しき牧童や，牧歌世界の神々も，悲嘆に暮れるガッルスを見舞うが，彼を慰めることはできない。彼はアルカディアの人々に向かい，反実仮想の表現をもってこう語りかける。「私が昔からあなた方の一人だったらよかった，家畜の群れの番人として。あるいは，熟した葡萄の刈り取り人だったらなあ。きっとピュッリスにせよ，アミュンタスにせよ（中略），私と一緒にしなやかな柳の木陰に隠れ，葡萄の木の下で横たわることだろう。ピュッリスは私に花冠を編んでくれよう，アミュンタスは歌ってもくれようものを」[9]（Buc. 10. 35-41）。ガッルスは牧歌世界に生まれたわけではないから，その楽しみ，とくに牧歌的な恋の喜びも享受できない。魅力的な自然（泉，草地，森）がそばにあっても，思いは寒冷の地にあるリュコリスへと向かい，思わず知らず「君は祖国から遠く離れ（そんなに遠く離れているとは私には信じ難いが），嗚呼冷酷な人よ，アルプスの雪やライン川の氷を，私なくして一人で見ているのだ」（Buc. 10. 46-48）と不在の恋人に呼びかける。彼は，あたかも寒さや氷を身近なものとして感覚しているかのように，恋人の健康や身の安全を気遣うのである（Buc. 10. 48-49）。そ

───────────

Hor. *Epod.* 14.10; id. *Carm.* 1.17.18; Ov. *Ars.* 3.330. 後続の場面において遊女は水を求めるが（4.8.58），これは φερ᾽ ὕδωρ（Anacreon fr. 396.1 Page）のパロディーかも知れない（Hutchinson 2006, ad 4.8.58）。

　8）　Hutchinson 2006, ad 4.8.48.

　9）　Phyllis（ピュッリス）という名前の人物が，このように『牧歌』第10歌にも，4.8にも登場するのは，二つの詩の関連性を示唆しているのかも知れない。

して，牧歌の魅力と恋人への思いとのあいだで揺らぎつつも，ガッルスは最終的にはアルカディアから離れる決意をする。

　ガッルスは一時的に牧歌世界にあって，恋愛詩人として振る舞っている。ラテン韻文の異なるジャンルの混淆について考察する大芝は，ウェルギリウス『牧歌』第10歌が，牧歌と恋愛詩という二つのジャンルの交流と分離を描いたものであると考える[10]。この「ジャンルの交流・分離理論」は，通常イアンボス詩と恋愛詩，あるいはイアンボス詩と牧歌というように，二つの異なるジャンル間の関係を問題にする。4.8ではジャンル間の関係と言うほどではないかも知れないが，恋愛詩に属する二つのサブジャンルについて，やはり似たような交流と分離を扱っているように思われる。ただ一人の女性への傾倒を歌うという恋愛詩を志向していた（志向すべきだった）プロペルティウスは，一時的に酒宴における複数女性との恋愛の世界へ迷い込む。しかし，そこにはなじめない。ガッルスが遠隔のリュコリスを思うように，プロペルティウスはラヌウィウムのキュンティアを思う。

3　キュンティアの乱入と君臨（4.8.49-88）

　ガッルスは『牧歌』第10歌において，「万物を凌ぐのは愛（神）。そして我々も愛神に服従する（omnia vincit Amor. et nos cedamus Amori）（*Buc.* 10.69）」という有名な台詞を最後に残して，牧歌の舞台から静かに去る。ガッルスは自主的に牧歌からまた恋愛詩へと回帰する。しかし，プロペルティウスが強くまたその身近に支配を感じているのは，愛神以上にキュンティアである。キュンティアが突然帰ってきて，大騒動を巻き起こす。盛り上がらない宴をぶち壊す。この点は，まさに『牧歌』第10歌とは対照的である。キュンティアというプロペルティウス本来の詩の女神が，似非女神を駆逐するのである。

　すでに4.8.17-26でも見たように，キュンティアは征服者，凱旋将軍のように描かれている。彼女が扉を押し開いて乱入してきた姿につい

---

10)　大芝芳弘,「Horatius, *Epod.* 11」『フィロロギカ』7（2011）, 1-22, esp. 16-19.

ては，「その光景は占領された町に勝るとも劣らない（spectaclum capta nec minus urbe fuit［56］）」などと滑稽なほど大仰に言われている。そもそも，Evans が指摘するように，4.8 は『オデュッセイア』のパロディーである[11]。オデュッセウスが，自分の留守中にペネロペに群がる求婚者を退治したように，キュンティアはプロペルティウスに戯れかかっていた二人の女を撃退する。ここに至ってようやく冒頭 2 行の意味を読者は理解するのである。彼女らの顔面を爪で引っ掻き，髪を引き抜く。衣装を引き裂く。そのようにして得た髪や衣装の破片を，戦利品として喜び勝ち誇り，今度はプロペルティウスに怒りの矛先を向ける（Cynthia gaudet in exuviis victrixque recurrit［63］）。やはり彼の顔を引っ掻き，首に噛みつく（et mea perversa sauciat ora manu/ imponitque notam collo morsuque cruentat［64-65］）。眼が格別の攻撃を受けるべき対象とされているのは（praecipueque oculos, qui meruere, ferit［66］），プロペルティウスの詩においては，眼が恋愛の機縁を作ると考えられているからである[12]。それは，有名なる第 1 巻第 1 歌の冒頭の詩句（Cynthia prima suis miserum me cepit ocullis），あるいは qui videt, is peccat: qui te non viderit, ergo/ non cupiet: facti lumina crimen habent.（2.32.1-2）を思い起こせば十分である。キュンティアは，まさに恋愛詩の法則に則って，新しい恋愛の端緒を開こうとした眼をとりわけ厳しく罰していることになるだろう。

　プロペルティウスにとって，自分のことで我を忘れて激怒する恋人くらい好ましいものはない。このとき，キュンティアは髪を整える配慮すら忘れていたけれど，それがかえって彼にはたまらなく愛おしく思われた（non operosa comis sed furibunda decens［52］）。彼女が自分に噛みついたり，引っ掻いたり，打ったりするのは，真率な恋愛の表現だった。

　11）　Cf. Evans 1971.『オデュッセイア』第 22 巻で求婚者の一人が主人公の矢に射られ，絶命する場面（17-20）は，キュンティアの乱入前にひっくり返る食卓（reccidit inque suos mensa supina pedes［4.8.44］）や乱入時にプロペルティウスの手から落ちる盃（pocula mi digitos inter cecidere remissos［4.8.53］）の描写に活かされている。また，同じく第 22 巻で，椅子の下に隠れていた下僕の一人が命乞いをする場面（361-363）は，寝台の陰に隠れていたリュグダムスが詩人に救いを求める一節（4.8.68-69）の手本になっている。

　12）　Hutchinson 2006, ad loc.

3 キュンティアの乱入と君臨　　　67

Janan が指摘するように，4.8.63-67 の一節は 3.8 を想起させる[13]。

Dulcis ad hesternas fuerat mihi rixa lucernas

　　vocis et insanae tot maledicta tuae.　　　　　　2

tu vero nostros audax invade capillos　　　　　　　5

　　et mea formosis unguibus ora nota,

tu minitare oculos subiecta exurere flamma,

　　fac mea rescisso pectora nuda sinu!

cum furibunda mero mensam propellis et in me　　3

　　proicis insana cymbia plena manu,　　　　　　4

nimirum veri dantur mihi signa caloris:　　　　　　9

　　nam sine amore gravi femina nulla dolet.　　(3.8.1-10)

（昨晩ランプの傍らで，私は愉快な諍いをなし，あなたから狂気の
声の罵倒を何度も受けた。本当に，あなたはためらうことなく私の
髪の毛に掴み掛り，美しい爪でもって私の顔を傷つけるがよい。炎
を投げつけて目を焼くと脅迫し，懐を引き裂き，私の胸をむき出し
にするがよい。あなたが生酒を飲んで激昂し，食卓をひっくり返
し，私に狂気じみた手で満たした杯を投げつけるとき，疑いもなく
私には，本当の情熱のしるしが与えられる。実際，真面目な愛なし
には，いかなる女も怒らない。）

　恋人の真率な感情が明らかになった以上，詩人は嘆願者となって彼女
の前に平伏し，従順に和睦を乞わなければならない。

supplicibus palmis tum demum ad foedera veni,

　　cum vix tangendos praebuit illa pedes.　　　（4.8.71-72）

（彼女が，辛うじて触れるべき脚を差し出すと，私は嘆願者の掌を
もって，ようやく盟約へと向かった。）[14]

---

13)　Janan 2001, 124.

14)　行の移動（3-4 を 9-10 の直前に置く）については，Heyworth 2007a の提案に従っ
た。

恋愛詩人とその恋人のあいだに結ばれる愛の盟約（foedus amoris）を回復するには，傍目にはかくも卑屈な，敗者の姿勢を取らなければならない。キュンティアは，この嘆願に応ずるが，いくつかの守るべき条件を課す。プロペルティウスは，男女の出会いの場として有名なポンペイウス回廊等への出入りを止められた上，劇場で女性が座る席を見遣ったり，輿で運ばれる最中に簾を上げたりする行為を禁じられる。さらに，宴に加担したリュグダムスを鎖につなぎ，売却するように命ずる（4.8.73–80）。

> indixit leges; respondi ego: "legibus utar".
>> riderat et imperio facta superba dato.　　　　　　　（4.8.81–82）
>
> （彼女は掟を課した。私は答えた，「掟に従います」と。彼女は笑った。支配権が委ねられたので，傲然と構えた。）

　こうして詩人は，再びキュンティアの支配に服し，servitium amoris（愛の隷属）の状態に甘んずることとなる。
　あとは，外から来た女たちの触れた不浄な場所や敷居を洗い清めたり，宴に用いた明かりを交換する。彼女は硫黄を焚き，詩人の頭を燻し清める。寝台の夜具も交換し，二人は改めて同衾する。このあたりも，主人公がペネロペと 20 年ぶりに夫婦の語らいをなすのに先立って，『オデュッセイア』第 22 巻で，求婚者たちを皆殺害したのち，屋敷内を掃除させたり，硫黄を燃やして清めたことを踏まえている[15]。そして 4.8は以下のような 2 行で締めくくられる。

> atque ita mutato per singula pallia lecto
>> respondi, et toto solvimus arma toro.　　　　　　　（4.8.87–88）
>
> （こうして敷布一枚一枚にいたるまで，すっかり寝台を一新して，私は彼女の要求に答え，そして我々は臥所の一面をつかって武器を解除した。）

---

15)　*Od.* 22. 481–482; 493–494; 452–453. Evans, 52.

solvimus arma は文字通りには，「武器を解く，取り除く」ということである。だから，仲直りや和睦の実現ということになるが，arma は生殖器官の隠喩でもあり得るから，ここでは同時に交合によって思いを遂げたことを意味するのだろう[16]。この 2 行には，分詞 mutato が用いられ，それぞれの行末には，lecto と toro の 2 語が配置されている。これは，第 2 節でも考察した 2 行，詩人が新しい恋愛詩を手掛けることを表明する 27-28（cum fieret nostro totiens iniuria <u>lecto</u>/ <u>mutato</u> volui castra movere <u>toro</u>.）を想起させる[17]。その試みは無かったことになり，結局本来の恋愛詩へと戻ったことを示している。

ま　と　め

4.8 は，キュンティアの浮気とそれに対する詩人の意趣返しという出来事を，事後報告の形式で諧謔と自嘲を込めて歌った作品である。しかし，同時にそれは自らの文芸創作の在り方についても述べている。

見出しに相当するような冒頭の 2 行に続いて導入される 3-14 は，ラヌウィウムの伝統的な祝祭の描写である。一瞬，第 4 巻の基調をなす主題を手掛けるように見せかける。しかし，祝祭を歌うこと自体は目的ではない。ラヌウィウムは，キュンティアが情事を目的として遊びに出かけた地として取り上げられている。15 以降は，キュンティア一人に捧げる恋を題材とするエレゲイア詩から脱し，酒宴における恋を扱うアナクレオン風の詩へ転向しようとする試みを垣間見せる。それは，創作に関して心のなかに生じた迷いの表現である。しかし，最終的にはキュンティアの帰還，宴の場の徹底的粉砕という形で，本来のエレゲイア詩へと回帰する。

破綻の危機に見舞われた関係が，元の鞘に収まる過程は，キュンティアを英雄オデュッセウスに見立てた『オデュッセイア』のパロディーによって表現されている。このパロディーの導入こそが，同じようにジャ

16）　Cf. 1.3.16; 3.20.20. Pinotti 2004, 145-146. なお彼女は，solvere については，linguam solvere や navem solvere の例を挙げて，「機能させる」や「動かす」の意味に解する。

17）　Pinotti 2004, 125.

70 第3章 帰ってきたキュンティア

ンルの一時的転換を扱った『牧歌』第10歌との違いであり，4.8を一
層魅力ある作品にしている。だから，トロイアを陥落させたオデュッセ
ウスのように，キュンティアは征服者として性格づけられなければなら
なかった。また，冥界の住人と会ったオデュッセウスのように，地下世
界との交流を持つ必要があった。キュンティアが，ラヌウィウムに出か
けるという設定も，このことと無関係ではない。ラヌウィウムの主，大
蛇の生息する場所は深い穴であるが，その場所を描写する言葉遣いは冥
界を連想させる。それ故，大蛇との接触は，死の恐怖を経験することで
もある。Pinotti が指摘するように，選ばれている語句は，『オデュッセ
イア』第11巻と密接に関連する『アエネイス』第6巻のそれに共通し
ている[18]。ラヌウィウムに出かけローマに戻るキュンティアは，地下世
界へと下り再び地上へと戻る英雄である。皆に死んだと思われ，帰って
くる英雄である。第1節の末尾で問題提起したことだが，儀礼の描写
（3–14）は，キュンティアとオデュッセウスとの類推を準備しているこ
とになろう。

　もっとも，4.8 が本来の恋愛詩への回帰を宣言していても，実際には
これ以降キュンティアはプロペルティウスの作品には登場しないし，恋
愛を題材にした詩も書かれなかった。この点は，ジャンルの交流を表現
した『牧歌』第10歌が，ウェルギリウスの最後の牧歌となったことに
通ずる。『牧歌』第10歌の最終行は，ite domum saturae, venit Hesperus,
ite capellae（*Buc*. 10.77）（お腹がくちくなったらお家に帰るのだ，晩になっ
たよ，帰るのだ，雌山羊らよ）となっており，家畜に牧草地からの帰宅
を促す牧童の声は，牧歌という創作ジャンルからの決定的な卒業を宣
言する。一方，「はじめに」でも述べたように，プロペルティウスは，
militiam Veneris blandis patiere sub armis（4.1.137）（お前はウェヌスのうっ
とりするような武器のもと，戦争に耐えるだろう）という言葉遣いによっ
て自分の創作を表現した。第3節の末尾で，4.8 の最終行の solvimus
arma は「思いを遂げること」の他，「武器を解除する」という和睦の実

---

　18)　Pinotti 2004, 112. qua sacer abripitur caeco descensus hiatu（4.8.5）は，ウェルギリ
ウス『アエネイス』の <u>sacra</u> ostia（*Aen*. 6.109），<u>sacrae</u> portae（*Aen*. 6.573）; facilis <u>descensus</u>
Averno（*Aen*. 6.126）; spelunca alta fuit vastoque immanis <u>hiatu</u>（*Aen*. 6.237）などの表現に通
ずる。

まとめ　　　71

現を意味すると述べたが，それは本当に武装を解き，愛の戦いの場から
退くことをも言い表し得る。詩人は，4.8 の完成をもって恋愛詩からの
退役を仄めかしている[19]。

最後に 4.7 と 4.8 との関係についても，一言加えておきたい。何故死
したキュンティアの登場する 4.7 が，元気なキュンティアを扱った 4.8
に先行するのか。このことがしばしば問題になることを，「はじめに」
で指摘した。この問いかけを煎じ詰めてみると，問題の所在は，4.8 の
冒頭で，Disce quid hac nocte Esquilias fugarit aquosas（昨晩，何がエスク
イリアエの丘を敗走させたか学ぶがよい）とあるように，報告対象となっ
ている出来事が昨晩起きたように言われていることである。しかし，冒
頭でも述べているように，プロペルティウスは第 3 巻の時点でキュン
ティアとの関係を断っている。だから，4.8 でキュンティアの浮気に対
して仕返しを企てるという状況が「昨晩」の事件として扱われること自
体，おかしいことになる。他方，4.7 の状況と 3.24–25 の決別宣言との
あいだには，食い違いはない。

第 1 節ですでに述べているが，4.8 に含まれているアッピア街道へ
の呼びかけ（Appia, dic quaeso, quantum te teste triumphum/ egerit ... [17
–18]）とラヌウィウムへの言及（4.8.3–14）は，Appia cur totiens te via
Lanuvium?（2.32.6）（アッピア街道が，どうしてこんなに頻繁に君をラヌ
ウィウムに［導くのか]）を想起させずにはおかない。おそらく詩人も，
4.8 の出来事が 2.32 の時点に属することを読者に示唆している。だから
キュンティアも過去の人ならば，4.8 でキュンティアに痛めつけられ，
そのことを面白おかしく語っている「私」も過去の人である。4.8 は，
現在の「私」が過去の出来事を回想しているのではない。むしろ過去の
「私」が前日の晩に起きたことを語っている作品である。過去の詩的創
造の再現である。ただ，詩人はわざわざそういうことを口にはしない。

だから，過去のお蔵入りになった作品が，第 4 巻のなかに収録され
ているような具合になっている。そのような過去への回帰が一時的に試
みられたのは，おそらくは先行する 4.7 の出来事に触発された結果だろ

---

19)　高橋 1988, 52:「第 4 巻で，結局のところ，詩人はそれまでの恋愛詩を捨てた。4.8
の結びの solvimus arma（88）はそのような意味に解されうるし，それはまた 4.7 のキュン
ティアの『死』と同一視されるものであろう」。

72　　　　　　　　第3章　帰ってきたキュンティア

う。亡霊となったキュンティアとの再会は，プロペルティウスに恋愛詩
への強い郷愁をかき立てたように思われる。それは 4.7 の最終 couplet
にも表れている。

　　haec postquam querula mecum sub lite peregit,
　　　inter complexus excidit umbra meos.　　　　　　　　　（4.7.95-96）
　　（このようなことを，嘆き混じりの口論を交えつつ，私を相手に語
　　り終えると，私の抱擁のなかで亡霊は姿を消した。）

　プロペルティウスは，キュンティアへの愛情とともに恋愛詩への執着
に導かれ，彼女を抱擁しようとしたのだろう。詩人は明言していないけ
れども，二つの作品は連作をなす。4.8 は 4.7 の経験を契機とした，ほ
んの一時的ではあるにせよ，過去のもとになった純然たる恋愛詩への回
帰となっている。

第4章

ティブッルスとプロペルティウス
──ティブッルス第1巻第8歌に込められた
プロペルティウスへの言及──

1　ティブッルスの叙述手法

　ティブッルス（紀元前55年頃～同19年）の恋愛詩集第1巻第8歌（以降 Tib. 1.8 のように記す）の冒頭において、「私」は他ならぬ実体験によって、自身が恋の辛さを味わい、恋愛の機微を熟知するようになったことを告白する。「私」は恋愛事の先達であることを自覚し、いくぶんからかうような調子で何者かに語りかけている。「君」は自分の恋心を隠しているが、そのことは「私」にはすっかり明瞭なのだ。だが、その相手が誰なのかは、徐々にしか明かされない。「君」といわれる人は、お洒落や身づくろいに余念がない。「私」はこうした「君」の外観への気遣いに恋着を読み取っているのである。通常そのような営みは女性のたしなみであるから、女に呼びかけているのかしらと読者は想像する。

　ところが、illa placet（15）と漠然とした形で「君」と対比的に言及されている人物も女である[1]。彼女は女性であっても、お洒落には関心がないようである。そして、「君」は、何の飾りも必要としないほどの美貌の持ち主である彼女に熱烈に恋をしている。そしてかなり遠回しながらも、「君」と呼びかけられていた人物が男性であることが明かされるのは、ようやく Quid queror, heu, misero carmen nocuisse と miser の男性単数与格形が用いられる23行目に達してからである[2]。

---

[1]　Maltby 2002, 301, ad 1.8.15 (304).

[2]　Maltby 2002, 301, ad 1.8.23 (308).

続いて今度は，美貌の「彼女」に「私」は呼びかける。熱愛してくる
男をじらし続ける女性は，金持ちの老人と関係を持っており，老人の
ために彼女は（おそらく）財力に乏しい若い男（「私」は彼を「少年 puer」
と呼んでいる）を蔑ろにするようである。「私」は，そのような金品目当
ての付き合いを諫め，若い男性との恋を謳歌するように論す。誰にも相
手にされなくなった老後には，過ぎ去った青春を惜しむことになる。か
つての美貌は失われ，化粧や身づくろいによって男の目を欺くより他は
なくなると言って警告する。さらに，この段階で，ようやく件の若い男
は，マラトゥスという人物（neu Marathum torque ［49］）であることが
判明する。

「私」は，マラトゥスにつれない態度を取らないよう懇願した後，今
度は哀れな少年の嘆きの言葉を引用する。それから少年に泣くことを禁
ずる一方，少年に思いを遂げることを許さない乙女の傲慢な態度を，神
罰が下されることをちらつかせながら，再度戒める。そして，ようや
く詩の終結間際になって，彼女の名前がポロエ Pholoe（oderunt, Pholoe,
moneo, fastidia divi ［69］）であることが判明する。

このように Tib. 1.8 は，全面的に「私」の叙述によって構成されてい
る。読者は徐々に付け加えられてゆく情報を積み重ね，推量する。とき
にその推量は裏切られ，思い描く世界の修正を迫られる。詩が終わると
きに，ようやく「私」を取り巻く恋愛の全容が明らかになる仕組みに
なっているのである。

さらに付け加えるならば，この歌のみならず，同じティブッルス詩集
第1巻の第4歌を読んだ読者は，そこにマラトゥスという名の美少年
が言及されていたことを思い出すことだろう。Tib. 1.4 において，「私」
は恋の御利益をもたらしてくれると信じられているプリアプス神の像
に，恋愛の極意を授けるように求める。すると，神は「私」に美少年の
歓心を買うための手練手管を指南する。こうして，「私」は将来自身が
若者のあいだで恋愛の教祖的存在として尊敬されることを思い描いてい
る。その一方で，意中のマラトゥスに魅了されながらも，彼を靡かせる
ことができないことを嘆きつつ歌を締めくくる。無論同じ名前だからと
言って同じ人物であるとは限らないが，少なくとも読者は Tib. 1.8 が，
Tib. 1.4 の続編である可能性を想定することになる。

ティブルスは，たとえば第 1 巻第 8 歌と同じく全 78 行のエレゲイア詩，第 1 歌でも同じような叙述の手法を取っている。黄金を積み重ね広い耕地を所有する一方，常に近接する敵と戦い安眠を軍隊の喇叭に妨げられる他者 alius に対して，農夫である「私」は田舎において自給自足の生活を送る。そのような自身のつつましくも敬虔なる暮らしを描き進め，田園世界のささやかな喜びを歌い上げている（43-48）。

> 小さな収穫で十分だ。もし可能ならば寝台で休み，いつもの床で体の疲れを取ることで十分だ。何と愉快なことだろう，容赦ない風の音を寝たままで聞くことは，<u>そして，恋人を（dominam）柔らかな懐のなかで抱きかかえることは</u>。あるいは，冬の南風が冷たい雨を降り注ぐとき，火の暖かさに恵まれて憂いなく眠り続けることができることは。

恋人の存在は，ようやく 46 行目に，しかも唐突に言及されている。この後，航海によって富を求め蓄財に精を出す人と自身との隔たりを歌う。付随して，海と陸において軍事的功績を収める詩人のパトロン，メッサッラに呼びかけ，怠惰な自身との対比を際立てる。そして詩人の意識は，恋人に向かい，彼女に呼びかける（55-58）。

> 私は美しき乙女の縄目に縛られたままでおり，門番となって堅い扉の前に腰掛ける。私は称賛されることに関心を持たず，我がデリアよ，私は君と一緒にいられる限り，どうか，ぐず，役立たずと呼ばれたいものだ。

読者はここで，初めて「私」の意中の人がデリアであることを知らされる。以降，「私」は彼女と添い遂げることを願い，彼女が自らの死を看取ってくれることを夢見て，これを愛の理想として描く。束の間の青春だからこそ，今恋のよろこびを堪能することを促す。こうして，Tib. 1.1 の眼目は，田園生活の称賛ではなく，実は愛する人との共同生活の価値を説得的に歌い上げることにあったことが判明する。田園は，所詮共同生活の背景に過ぎなかった。Tib. 1.1 でも，Tib. 1.8 と同様に，ティ

ブッルスは歌の核心にはなかなか入らず，歌の全体像はなかなか明らか
にならない。

2　ティブッルス第1巻とプロペルティウス第1巻

　それにしても，ティブッルスは何故このように読者をじらしたり，ま
た欺くような叙述手法を取るのだろうか。その意図は何なのか。プロペ
ルティウスがその詩集の第1巻第1歌（以降 Prop. 1.1 のように記す）を
恋人キュンティアの名前によって歌い出す（Cynthia prima suis miserum
me cepit ocellis）のに対し，ティブッルスは Tib. 1.1 でデリアとの恋に
なかなか言及しない。Lyne は，この両者の対照性に注目している[3]。他
方で，Maltby は，Tib. 1.8 が言葉遣いや主題について Prop. 1.9 と多くの
類似点をもっていることに注意を促している[4]。ティブッルスの，とり
わけ Tib. 1.8 の叙述の特徴について考察するためには，同時代の恋愛詩
人プロペルティウスとの比較が必要となるように思われる。

2.1　Tib. 1 と Prop. 1 の成立年代

　まず，基本となるのは両者の作品の成立年代である。その推定にあ
たって，Lyne はそれぞれの詩集に含まれている同時代の出来事への言
及に着目している[5]。Prop. 1.6 においては紀元前 29 年以降に行われたと
思しき執政官ルキウス・ウォルカキウス・トゥッルスの甥の東方旅行に
ついて言及がある。他方，プロペルティウスの後続の第2巻には紀元
前 28 年の結婚法案廃止の言及（Prop. 2.7）が含まれている。また Tib. I.7
は，紀元前 27 年 9 月におけるメッサッラ・コルウィヌスの凱旋を讃え
ている。このことから，Prop. 1 は紀元前 28 年，Tib. 1 は紀元前 27 年
には出版されたと考える。

　Lyne の推定は，至極妥当に思われる。だとすれば，ティブッルスが

---

　3)　Lyne 1998, 524.

　4)　Maltby 2002, 302. Cf. Murgatroyd 1980, 233. Murgatroyd はティブッルスがプロペル
ティウスに影響を受けていると考えている。

　5)　Lyne 1998, 520–523.

Prop. 1 を視野に入れながら，Tib. 1 を制作する可能性があったことになる。とはいえ，巻に含まれている個別の歌が，朗読会のような機会で披露された可能性も捨て切れない。その場合は，個別の歌が，詩集の出版に先立って人々の知るところにもなっただろう。ただし，Tib. 1.8 にかんしていえば，以降の考察が示唆するように，プロペルティウス第 1 巻の出版よりも後に成立したと思われる。

2.2 Tib. 1.8 と Prop. 1.9

Tib 1.8 で「私」は恋愛の師として，若者らに恋愛の心得を指南する。彼は，いわゆる magister amoris もしくは praeceptor amoris である。このような役割の自覚は，Tib. 1.4 でも表明されている。彼と同時代の詩人，プロペルティウスの第 1 巻にも「私」が magister amoris として，叙事詩人ポンティクスに呼びかける第 9 歌がある。この Prop. 1.9 で「私」は，恋に落ちた友人に得意になって「私は言っていただろう，私を嘲笑した人よ，君にも恋がやって来ると」と切り出す。Tib. 1.8 同様，やはり揶揄が歌全体の基調をなす。この「君」が誰かについては，全 34 行の歌の後半部 26 行目でようやくポンティクス Ponticus なる人物であることが判明する。同じ名前の友人は，Prop. 1.7 にも出てくる。Prop. 1.7 においてポンティクスは，プロペルティウスの恋愛詩を蔑ろにし，ホメロスに張り合おうとする叙事詩人として呼びかけられている。叙事詩の創作に余念がなく，悲惨な戦争の主題ばかり扱っていたポンティクスは，Prop. 1.9 において奴隷女に心を奪われたと言われている。恋において彼と彼女の主従関係は逆転し，彼は奴隷に彼女は主人（domina）となった。もはや，叙事詩を作ることはままならない。だからこそ，自らの恋愛体験を告白するように，体験を素材にして「私」同様恋愛詩の創作に没頭するように，呼びかけている。

Prop. 1.9 は Tib. 1.8 とは少し異なり，呼びかける相手に文芸上の転向を奨める趣旨となっている。とはいえ，恋の先達として友人の恋心の機微を読み取り，おとなしく愛神に従うことを促す点では，やはり Tib. 1.8 と共通する。Tib. 1.8 が同一人物とおぼしきマラトゥスの登場によって Tib. 1.4 と結合しているように，Prop. 1.9 もやはり Prop. 1.7 の続編として機能しているように見受けられる。以下 Tib. 1.8 と Prop. 1.9 との

78　　第4章　ティブッルスとプロペルティウス

接点を詩行のレヴェルで比較し，その照応関係を検証したい。

　さて，二つの歌の緊切なつながりをもっとも端的に示していると思われるのは，以下の couplet である[6]。

　　　quid tibi nunc molles prodest coluisse capillos
　　　　　saepeque mutatas disposuisse comas,　　　　　　（Tib. 1.8.9–10）
　　　（柔らかな髪を手入れすることが，しばしば髪型を変えて整えることが，今や君に何の役に立つか。）

　　　quid tibi nunc misero prodest grave dicere carmen
　　　　　aut Amphioniae moenia flere lyrae?　　　　　　（Prop. 1.9.9–10）
　　　（厳めしい歌を歌い，アンピオンの竪琴が作った城壁［テーバイの城壁］を嘆くことが，今や哀れな君に何の役に立つか。）

　前者は，髪を整えて意中の乙女に気に入られようとする若者の空しい試みをからかい，後者は恋に落ちた詩人が叙事詩的題材にこだわり続けることの無意味を説いている。下線部の「今や君に何の役に立つのか」を意味する部分は，ぴたりと合致しており，一方が他方を模倣している可能性が高い。

　Tib. 1.8.1–6 において，恋の機微を見抜く「私」の能力は，くじ占い，犠牲獣の内臓，鳥占いといった予言の術に頼るものではなく，愛の女神ウェヌスの調教に伴う恋愛経験の賜物であることが表明されている。

　　Non ego celari possum, quid nutus amantis
　　　　quidve ferant miti lenia verba sono.
　　nec mihi sunt sortes nec conscia fibra deorum,
　　　　praecinit eventus nec mihi cantus avis:
　　ipsa Venus magico religatum bracchia nodo
　　　　perdocuit multis non sine verberibus.　　　　　　（Tib. 1.8.1–6）
　　（恋する者の頷きが何を，あるいは穏やかな声音に込められたやさ

---

　　6)　Wimmel 1968, 59; Murgatroyd 1980, ad loc; Maltby 2002, ad loc.

しき言葉が何を意味するかということを，私に隠すことはできない
よ。私は，籤も神々を知る（犠牲獣の）腸も持たず，鳥の歌声は私
に出来事を予言しない。ウェヌス御自身が魔法の結び目で腕を縛っ
た者（私）を教育した。でも，それには多くの鞭打ちを伴うのだっ
た。）

　字面の類似はないけれど，この詩行の内容が Prop. 1.9 の以下のよう
な一節のそれと対応していることは，確実だろう。

　　non me Chaoniae vincant in amore columbae
　　　　dicere, quos iuvenes quaeque puella domet.
　　me dolor et lacrimae merito fecere peritum:
　　　　atque utinam posito dicar amore rudis!　　　　　　　（Prop. 1.9.5–8）
　　（カオニアの鳩たちも，恋に関して，どの若者をどの乙女が征服す
　　るかを歌うことにかけては，私を凌ぐことはないだろう。苦痛と涙
　　によって，私は恋の達人になるべくしてなった。でも，恋など捨て
　　て，初心な男と呼ばれたいものだ。）

　「カオニアの鳩たち」とは，ゼウスの神域として有名なドドナの森に
憩い，予言の能力を発揮するとされている神聖な鳥である。それは，
ティブッルスの上記一節における「鳥の声」に相当するだろう。ところ
が「私」は，恋愛の事情を悟ることにかけては，こうした霊験あらたか
な存在すら上回る。それは，「私」が恋の苦しみを嫌と言うほど味わっ
た代償なのである。

　また Tib. 1.8.7–8 で「私」は，自身が恋をしていることを潔く認めよ
うとしない者に対する愛神の仮借なさにも触れている。

　　Desine dissimulare: deus crudelius urit,
　　　　quos videt invitos succubuisse sibi.　　　　　　　　（Tib. 1.8.7–8）
　　（誤魔化することは止めよ。神は，嫌々自分に平伏するのを目の当た
　　りにする者らを一層過酷に燃え立たせる。）

これは裏を返せば，自身の恋を認めることで愛神の態度を軟化させ得ることを意味するのであるから，Prop. 1.9 の最終 couplet に通ずるだろう。

quare, si pudor est, quam primum errata fatere:
 dicere quo pereas saepe in amore levat.　　　　　（Prop. 1.9.33–34）
（だから，恥ずかしければ，できるだけ早く迷いを告白せよ。恋においては，何故君が身を滅ぼすかを語ることで，救われるから。）

プロペルティウスは，すでにこの歌のなかで，愛神の弓矢が及ぼす傷に比べれば「アルメニアの虎に近づいたり，イクシオンの輪に縛り付けられたりする方がまし」だとまで言っているが（Prop. 1.9.19–22），それほどの神の猛威からも，恋心を打ち明けることで（とくに Prop. 1.9 では恋愛体験を詩にすることで）救われるのである。

3　Tib. 1.8 と Prop. 1 との響き合い

続いて，Tib. 1.8 との比較対象の範囲を，Prop. 1.9 に限定せずプロペルティウス第 1 巻全体にまで拡張してみる。そもそも Tib. 1.8 の incipit である Non ego celari possum の最初の 2 語は，プロペルティウス第 1 巻に含まれる二つの歌の incipit と類似している（1.6.1: Non ego nunc Hadriae vereor mare; 1.19.1: Non ego nunc tristis vereor）[7]。以下，Tib. 1.8 の各節ごとにその叙述の特徴を省察し，プロペルティウス作品との対応関係を指摘する。

3.1　魔術への言及
Tib. 1.8.17–26 では，何が一体若者の熱情をかき立てているかを述べているが，その歌い方は，直截的ではない。

---

7)　Maltby 2002, ad 1.8.1.

3 Tib. 1.8 と Prop. 1 との響き合い

Num te carminibus, num te pallentibus herbis

   devovit tacito tempore noctis anus?

cantus vicinis fruges traducit ab agris,

   cantus et iratae detinet anguis iter,

cantus et e curru Lunam deducere temptat

   et faceret, si non aera repulsa sonent.

Quid queror, heu, misero carmen nocuisse, quid herbas?

   Forma nihil magicis utitur auxiliis:

Sed corpus tetigisse nocet, sed longa dedisse

   oscula, sed femori conseruisse femur.　　　　　(Tib. 1.8.17–26)

（老婆が，静かな夜の時間に，君を呪文によって，君を青白い薬草
によって呪縛したというのだろうか。呪文は隣の畑から穂を移し，
呪文は苛立つ蛇が進むのを阻み，呪文は月が車駕から降りるように
誘いかけ，叩かれた銅鑼が鳴らなければ[8)]，誘い出すことができよ
う。嗚呼，何故私は呪文が哀れなる者を害することを，薬草が害す
ることを嘆くか。美貌は何ら魔術の助けを要さないもの。だが体に
触れたり，長い接吻を与えたり，腿に腿を密着させたりしたことが
害となる。）

　全体として「Xではなくである」という言い方になっており，Xに
相当するのが呪文や薬草といった魔術であり（17–22），Yに相当するの
が長い接吻や肉体の接触（とくに腿の触れ合い）といった挑発行為であ
る（25–26）[9)]。逆接の接続詞 sed は三度繰り返されて，悩ましい行為が具
体的個別的に数え上げられる。しかし，全体の表現は均衡を欠いてい
て，YよりもXの方が異様に長い。ティブッルスはわざと核心となる
Yよりも否定されるXの方に重きを置いている。脱線と言ってもよいだ

---

8)　銅製の楽器を叩くことが，月を誘い出す妖術や（悪魔の仕業と考えられていた）月
蝕を防ぐために効果があると考えられていた。Cf. Smith 1913, ad loc; Murgatroyd 1980, ad loc;
Maltby 2002, ad loc.

9)　Cf. Murgatroyd 1980, ad loc. femori conseruisse femur は，おそらくは男をじらして生
殺しの状態に置くものであり，合体を意味すると思われる後述の teneros conserit usque sinus
(Tib. 1.8.36) とは区別すべきだろう。

ろう。cantus の語を三度繰り返すのは，Maltby の指摘するように[10]，わざわざ呪文の言語を模倣しているかも知れない。この一節に限ってみても，話の核心からわざと外れる，じらしの話法というべきものが機能しているように思われる。「私」自身，「嗚呼，何故私は呪文が，哀れなる者を害することを，薬草が害することを嘆くか」と言い，自分自身のじらしの話法に対してすらしびれを切らしてみせる。

　鮮やかな印象をもって描出される魔術の世界は，プロペルティウスの以下のような一節を連想させる。

> at vos, deductae quibus est fallacia lunae
> 　　et labor in magicis sacra piare focis,
> en agedum dominae mentem convertite nostrae,
> 　　et facite illa meo palleat ore magis!
> tunc ego crediderim vobis et sidera et amnis
> 　　posse Cytinaeis[11] ducere carminibus. 　　　（Prop. 1.1.19–24）

（だが，月を導く欺瞞の術を持ち，魔法の竈（かまど）で供物を捧げる仕事に携わる人たちよ，さあ，すぐに私の恋人の心を振り向かせ，彼女（キュンティア）が私より血の気を失うことになるように。そのときは，私は君たちを信じることになるだろう，キュタイアの歌によって君たちが星や川を導く力があることを。）

　もし魔術が自然に働きかけ，意のままに動かすことができるものであれば，是非そのことをキュンティアについて実証してもらいたい。我が愛しのキュンティアが自分に夢中になるようにして欲しい。「私」は，魔術の使い手たちにそのように呼びかけている。「月を導く欺瞞の術」は Tib. 1.8.21–22 に対応するだろう。「キュタイアの歌」は「コルキスの歌」，すなわち「（魔術の心得のある）メデアの呪文」を意味するから，上記 1.8.17–26 で奇跡を惹き起こすとされる呪文に相当することは明らかである。

　　10）　Maltby 2002, ad loc.
　　11）　Heyworth 2007a の読みに従う。

3.2 富に勝る恋の喜び

Tib. 1.8.27 以降の一節は，Nec tu difficilis puero tamen esse memento（とはいえ，君は少年に対して気難しい者とならぬように心がけよ）と切り出され，今度はポロエを相手に「私」が恋の教訓を垂れることになる。プロペルティウス第 1 巻において，女に対する説教は，キュンティアのおめかしを諌める Prop. 1.2，イッリュリアへの旅を思いとどまらせようとした Prop. 1.8，歓楽の地バイアエから彼女を遠ざけようとした Prop. 1.11，彼女の不実を非難する Prop. 1.15 などにも認められる。他方，Tib. 1.8 で「私」は，ポロエに対してマラトゥスの情熱に真摯に応えること，金品などの贈り物を（老人から貢がせて）彼からは求めぬように説いている。若さは黄金よりも貴いものであり，抱擁に際して滑らかなる頬や肩と触れ合う悦びは王国の富にも勝る。

> carior est auro iuvenis, cui levia fulgent
> > ora nec amplexus aspera barba terit.
> huic tu candentes umero subpone lacertos
> > et regum magnae despiciantur opes.　　　　　（Tib. 1.8.31–34）

（すべすべの頬が光り輝き，抱き締めても伸びた髭がこすらないような若者は，黄金にもまして貴重である。この者にこそ，君はその肩の下に白く輝く腕を差し込み，王侯たちの偉大なる富は侮蔑せよ。）

同様に，Prop. 1.14 においても，「実際，彼女が私と憧れの休息を過ごすことにせよ，心安らかな恋で日がな一日をだらだら暮らすにせよ，そのときこそ，［砂金に満ちていることで名高い］パクトルス川の水が我が家の下にまで流れ込み，紅海に沈んでいる珠玉が採集される。そのときこそ私の悦びは，諸王が私に負けることを請け合う（Prop. 1.14.9–13）」と歌われ，愛の悦びは莫大な富に匹敵し，王国の富にも勝るとされている。

3.3 ウェヌスの加護

続いて，Tib. 1.8 ではウェヌスが恋する者には助けをもたらすことを歌っている。

At Venus invenit puero concumbere furtim,
　　dum timet et teneros conserit usque sinus,
et dare anhelanti pugnantibus umida linguis
　　oscula et in collo figere dente notas. 　　　（Tib. 1.8.35–38）

（一方，ウェヌスは若者と秘かに臥所を共にすることを可能にする，彼が恐れながらも柔らかな懐を結び合わせるあいだに。また，抗う舌でもって喘ぐ者には濡れた接吻を与え，首には歯でもってしるしをつけることを可能にする。）

　注釈者たちの指摘するように，ポロエが，老人の監視の厳しさを理由に，勧告に抵抗することを予測して，「私」は恋の営みにウェヌスの加護があることを述べているのだろう[12]。恋の悦びの大きさを歌った Tib. 1.8.31–34 とこの一節とのあいだには，やや論理的な飛躍が感じられるかも知れない。しかし，3.2 で引用した Prop. 1.14.9–13 の後にも，ウェヌスの存在に言及があることは注目に値するだろう。「実際愛神が敵対するときに，誰が富に喜ぼうか。ウェヌスが怒っているとき，私には如何なる褒美も望まない。女神は英雄たちの偉大なる力を叩き潰すことができ，頑なな心にすら痛みとなり得る。女神はアラビア人の敷居をまたぐことも，紫で染めた寝台に忍び込むことも恐れなかった。トゥッルスよ，哀れな若者を寝床の上で寝返りを打たせることも恐れなかった」（Prop. 1.14.15–21）。このプロペルティウスの一節においても，ウェヌスの偉大な力が畏怖の対象となり，称賛されている。「アラビア人の敷居」や「紫で染めた長椅子」は金持ちの住まいの象徴である。さらに，プロペルティウスはウェヌスの偉大さをこのように述べてから，「様々な糸で編んだ絹織物が，何を癒してくれようか quid relevant variis serica

---

12）　Murgatroyd 1980, ad loc; Maltby 2002, ad loc; Perrelli 2002, ad loc.

textilibus?」（Prop. 1.14.22）と恋のない人生における贅沢品の無意味を指摘する。この叙述の運びは，Tib. 1.8 のそれとも合致している。

> Non lapis hanc gemmaeque iuvant quae frigore sola
> dormiat et nulli sit cupienda viro.　　　　（Tib. 1.8.39-40）
> （凍えて一人で眠る者，どんな男にも顧みられないような女には，
> 宝石も珠玉もありがたくはない。）

　プロペルティウスが裕福な友トゥッルスに対して説いているのに対し，ティブッルスは女性であるポロエに語り掛けている。したがって，奢侈の空しさと共に独り寝の辛さが強調されているのだろう。そのような独り身の悲惨は，若さを失ったときに，一層辛く感じられることだろう。

3.4 「命短し恋せよ乙女」
　ここから，「私」はすかさず若き日々が再び戻らぬことを思い至らせようとする。

> Heu sero revocatur amor seroque iuventas,
> cum vetus infecit cana senecta caput.
> tum studium formae est: coma tum mutatur, ut annos
> dissimulet viridi cortice tincta nucis;
> tollere tum cura est albos a stirpe capillos
> et faciem dempta pelle referre novam.
> at tu, dum primi floret tibi temporis aetas,
> utere: non tardo labitur illa pede.　　　　（Tib. 1.8.41-48）
> （白髪の老齢が古き頭を染めるときに，ああ，遅きに失した愛が，青春が思い起こされるもの。そのときこそ，容姿を気遣うことになる。そのときこそ，頭髪は変わる。くるみのみどりの樹皮によって染められて，頭髪は年齢をごまかすことになろう。そのときこそ，白髪を根こそぎに抜くことを，皺を取り除いて顔を若返らせることに腐心することになる。だが，あなたは人生の春が盛りを迎えてい

るうちに恋せよ。というのも，それは遅からぬ歩みでもって衰えて
しまうから。）

　全体としては，まさに「命短し恋せよ乙女」とでもいうべき提言であ
る。プロペルティウスは第 1 巻第 19 歌において，死後恋人に自分が忘
れられてしまうことを恐れ，歌の結びにおいて「だから，可能なうち
に，お互いに愛し合い悦び合おう。どんな時も愛の営みは十分に長すぎ
ることはない」(Prop. 1.19.24–25) と恋人に呼びかける。プロペルティ
ウスの「可能なうちに dum licet」は，Tib. 1.8.47 の「あなたは人生の春が
盛りを迎えているうちに dum primi floret tibi temporis aetas」に対応する
だろう。しかし，ティブッルスのテクストには，提言をぼかしてしまう
ような脱線がわざわざ挿み込まれている。43–46 において，若作りの方
法（毛染め，白髪抜き，皺取り）をあいだに列挙することで，「老いてか
らでは遅い。若いあいだに恋を楽しめ」という直截的な言い方はあえて
避けられている。「私」はしたり顔で，年齢を欺くための苦肉の策につ
いて蘊蓄を傾ける。すでに見た Tib. 1.8.17–26 同様，ここでもじらしの
話法が用いられているのだろう。

3.5　マラトゥスの嘆き

　しかし，この提言の後，乙女への説得は，また出発点に戻ってしまっ
た感がある。Tib. 1.8.49–50 において，「私」は「だが，マラトゥスを苦
しめるな。少年を征して何の栄光があろう。老人に対してこそ，乙女
よ，冷酷になるがよい」と戒める。だがこれは，Tib. 1.8.27–30 の「君
は少年に対して気難しい者とならぬように心掛けよ。ウェヌスは，冷た
い仕打ちを罰をもって責め立てる。［少年に］贈り物を求めてはいけな
い。贈り物は白髪の恋人から受け取るがよい」という言説の蒸し返しに
過ぎない。「私」自身も乙女への説得に手詰まり感を覚えたのか，つい
にはポロエに対するマラトゥスの哀訴を直接話法の形で引用することに
なる。

　　"Quid me spernis?"ait. "poterat custodia vinci:
　　　　ipse dedit cupidis fallere posse deus.

nota venus furtiva mihi est, ut lenis agatur

　　spiritus, ut nec dent oscula rapta sonum;

et possum media quamvis obrepere nocte

　　et strepitu nullo clam reserare fores.

quid prosunt artes, miserum si spernit amantem

　　et fugit ex ipso saeva puella toro?　　　　　　（Tib. 1.8.55–62）

（彼は言う，「どうして僕を侮るのですか。門番を出し抜くこともで
きたでしょう。他ならぬ神が，愛する者たちには欺くことを許して
いるのです。僕自身恋は忍んで行うものと心得ています。だから，
息をひそめますし，接吻を奪っても音はしないのです。そして，た
とい真夜中でも忍び入ることができますし，まったく音を立てずに
こっそり扉を開けることができます。だが，こんな手練手管が何の
役に立ちましょう。冷酷なる乙女が哀れな恋人を侮り，寝台から抜
け出すのであれば。）

　門番を出し抜くことは秘め事の基本であり，ティブッルスの他の歌
でも言及されている[13]。クピドやウェヌスが守護神として，恋する者ら
を助けること，彼らに手練手管を授けることは，すでに考察した Tib.
1.8.35–38 でも言われている通りである。しかし，結局のところそのよ
うな恋の裏技も，意中の人に避けられてしまったならば，まったく無意
味である。マラトゥスの言葉は，恋愛術は無益であること，ひいては無
益な事柄について権威を振りかざす恋愛指南者の愚かしさを露呈してい
る。

　言い寄る者に靡かない頑なな者，欺く者，傲慢な者に対して「私」に
残されているのは，もはや神の怒り，天罰を持ち出すことだけである
（Tib. 1.8.67–78）。とは言え，これ自体も，内容的には persequitur poenis
tristia facta Venus (Tib. 1.8.28) の繰り返しに過ぎないだろう。「私」は，
マラトゥスもかつては，恋愛者の涙を嘲り，懸想（けそう）する者の心を弄んで来
た。だが，その罰があたったのだ。今や君につれなくされ，こうして涙

---

　13)　Tib.1.2.15–16: Tu quoque ne timide custodes, Delia, falle;/ audendum est: fortes adiuvat
ipsa Venus. (君もまた門番を欺くことを恐れるな。勇気を出して。ウェヌスご自身は勇気あ
る者を助けるのだから。)

88 第4章 ティブッルスとプロペルティウス

を流している。傲慢さを捨てない限り，君も同様な目に遭うぞ，そして
必ずや自分の行いを後悔するだろうと警告する。

> at te poena manet, ni desinis esse superba.
>> quam cupies votis hunc revocare diem!　　　　（Tib. 1.8.77–78）
> （君が傲り高ぶることを止めるのでなければ，君を罰が待っている。
> 君は，祈願をもって，この日をどれほど呼び起こしたいと思うこと
> だろうか！）

　Tib. 1.8 を締めくくる最終 couplet は，Prop. 1.9 の前篇ともいうべき
Prop. 1.7 の最終 couplet を連想させる。あるいは，そもそも自分の恋愛
詩に敬意を払わない者に対する Prop.1.1 の最終 couplet とも響き合って
いる。

> tu cave nostra tuo contemnas carmina fastu:
>> saepe venit magno faenore tardus Amor.　　　　（Prop. 1.7.25–26）
> （君は傲り高ぶって，我が詩を蔑ろにするな。しばしば遅き愛は莫
> 大な利息を伴い，やって来る。）

> quod si quis monitis tardas advenerit aures,
>> heu referet quanto verba dolore mea!　　　　（Prop. 1.1.37–38）
> （だがもし，警告に耳を貸すのが遅かったならば，どれほどの苦し
> みをもって私の言葉を反芻することだろう！）

ま　と　め

　以上の比較検討から明らかなように，Tib. 1.8 は Prop. 1.9 と密接な関
わりを持っている。両者の接点は，とりわけ Tib. 1.8.9 と Prop. 1.9.9 の
あいだの語句レヴェルでの合致（quid tibi nunc prodest）に表れている。
すでに述べたように，一方が他方を模倣していると言わざるを得ないほ
どである。第3節で見たように，プロペルティウスが個別の歌で扱って

いる様々な中心主題は Tib. 1.8 に複数混在している。それは，プロペルティウスがティブッルスの主題の混在を解きほぐして個々の中心主題に分離独立させたというよりも，おそらくその逆，すなわち，ティブッルスがプロペルティウスの様々な主題を一つの歌に集合させたと考える方が自然である。プロペルティウス第 1 巻に含まれる個々の歌は 20 ～ 40 行程度であり，ある特定の主題に即して展開する。これに対して，ティブッルス第 1 巻の個別の歌は 70 ～ 100 行程度であり，特定の主題というよりは特定の状況に即して展開することが多い。

　Tib. 1.8 も主題ではなく，状況を描き出すことが主眼である。しかもその描出は，状況をよく知っている者からの秘め事の当事者に対する語りかけによって成り立っている。読者は状況を立ち聞きするような立場に置かれ，詩人から放置されているような感覚を禁じ得ない。状況の全体像を把握するには，「私」のもったいぶった語りから得られる断片的情報を繋ぎ合わせるしかない。さらに magister amoris を任ずる「私」は，得意満面に若い恋人たちに恋愛の作法や手練手管を指南するあまり，そこに脱線をも織り込む。自然に働きかけるあやしげな魔術 (3.1)，年齢を誤魔化すための裏技 (3.4) への言及は，本題とは直接関係ないように見えるが，magister amoris たる話者の饒舌，気取りをよく表現している。「私」はマラトゥスの恋を翻弄するポロエを諫めようとするが，結局話は堂々巡りや同じ説の繰り返しになってしまう。さらに，マラトゥスの言葉は，恋愛に関わる手練手管，恋愛指南者の教えが無益であることを示す。

　Tib. 1.8 の描く状況は，若者のあいだで恋の先達を，恋の教祖を自任する者の戯画である。それは，おそらくはティブッルスの自嘲であろう。同時に，Tib. 1.8 は Prop. 1.9 を中心として，プロペルティウスの様々な主張や言説を織り込んでいる。プロペルティウスの読者には，その既視感に訴える仕掛けになっている。したがって，自分だけでなく magister amoris を自任してやまないプロペルティウスをも戯画に巻き込むことになる。

　じっさい，プロペルティウスは，Prop. 1.9.11 において「恋においては，ミムネルモスの詩の方がホメロスの詩よりも強い (plus in amore valet Mimnermi versus Homero)」と恋愛詩の優位を誇らしげに語る。

1.7.11-14 では，「今後，見捨てられた恋人が常に私（の本）を読むことになり，我が災難を学び，それが彼の役に立つように（prosint illi cognita nostra mala）。私が学才ある乙女に気に入られ，――ポンティクスよ――しばしば不当な脅迫に耐えたと，彼が褒めることになるように（me laudet）」と恋愛詩の効用を無邪気に夢想している。しかし，ティブッルスは，そのようなプロペルティウスの強がりや気取りを，実は冷笑しているのではないだろうか。すでに見たように，Tib. 1.1 で「私」は「私は褒められることを気にかけない（Non ego laudari curo）。我がデリアよ，私は君と一緒にいる限り，ぐず，役立たずと呼ばれたいものだ（quaeso segnis iners vocer）」と言っている。ティブッルスは，自身が役に立たないことに恬然として，恋愛詩の優位も有用性も主張しない。だとすれば，ティブッルスが Tib. 1.8 と Prop. 1.9 との近接を直截的に示すのに，「今や君に何の役に立つのか quid tibi nunc ... prodest」という語句を選んだことは偶然ではない。

第 5 章

シビュッラとアエネアス
——オウィディウス『変身物語』第 14 巻 120–153——

は じ め に

『変身物語』第 13 巻 623 行から第 14 巻 580 行にかけてオウィディウス
は，トロイアの英雄であり，イタリアのラティウムに新しい国家を建
てたアエネアスの伝説を扱っている。いわば，名高いウェルギリウスの
叙事詩『アエネイス』をなぞってみせている。とは言っても，そのなぞ
り方はオウィディウス独自のものであり，変身を主題とする彼自身の視
点に基づいて，ウェルギリウスの物語世界が再構築されている。もっと
も，全 12 巻全 9,896 行の大作を，計 925 行のいわゆる「小アエネイス」
にまとめるのであるから，たしかにしばしば大幅な簡略化が行われてい
る[1]。しかし場合によっては，ウェルギリウスが取り上げていない出来
事を，補完するかのようにオウィディウスは詳述している。そして不思
議なことに，「小アエネイス」においては，英雄アエネアスは，主人公
であるにもかかわらず，極めて影が薄い。むしろ，生き生きと描かれた
り作中の語り手となる人物は，『アエネイス』においては周辺的な脇役，
あるいはまったく登場しない人物だったりする[2]。

---

1) Papaioannou 2005, 10; Tissol 1997, 189. たとえば，カルタゴの出来事を扱った『アエ
ネイス』第 1 巻および第 4 巻を，オウィディウスは『変身物語』第 14 巻中のわずか 4 行（78
–81）にまとめてしまっている。『アエネイス』の内容と『変身物語』中のアエネアス伝説と
の関係については，Myers 2009, 18–19 の対応表が有用である。

2) デロス島の王アニウスは，『アエネイス』第 3 巻（80–83）に登場するが，まったく
台詞がない。一方，『変身物語』第 13 巻では 30 行（644–674）にわたって，自分の娘たち

全12巻の『アエネイス』のなかでも出色とされているのは，第6巻である。南イタリアのクマエにおいて，主人公はアポッロの巫女シビュッラに出会う。彼女の導きに従って冥界下りを果たし，亡父アンキセスと再会する。父は息子に霊魂の輪廻について教えを授け，さらには将来ローマで功績を立てることになる英雄たちの霊魂を紹介する。オウィディウスもまた，この第6巻の出来事に言及しているが，900行に及ぶ『アエネイス』第6巻の内容を，わずか57行（*Met.* 14.101-157）に圧縮している。その一方で，『アエネイス』において3行しか費やされていない冥界から地上への帰還のくだり（*Aen.* 6.897-899）を38行に膨らませ，この大半（120-153）をシビュッラとアエネアスの対話に充てている[3]。なお，「小アエネイス」では影の薄いアエネアスの言葉が，直接引用されるのはここだけである。

　『変身物語』は『アエネイス』が重点を置く所は切り捨て，逆に『アエネイス』が興味を持たない所を丁寧に叙述する。「小アエネイス」は，いわば「裏『アエネイス』」であると断ずるのはやさしい。しかしこの「裏『アエネイス』」が，オウィディウスのどのような構想のもとに創作されているかについては，一見したところでは見極めにくい。本章は，『変身物語』のシビュッラとアエネアスとの対話部分に焦点を絞り，ウェルギリウス作品をオウィディウスがどのように研究し，その成果を自己の創作に役立てているかを解明することを目指す。

が鳩に変わった次第について語っている。さらに彼がアエネアスに与えた甕の浮き彫りについての細密描写（685-701）がある。海の神グラウクス（『変身物語』第13巻，第14巻に登場），アカエメニデスのかつての同志マカレウス（『変身物語』第14巻に登場）は『アエネイス』には登場しない。

　　3）『アエネイス』第6巻では，冥界に入ることは容易でも，そこから再び地上に戻るのは難しいと言われている（sed revocare gradum superasque evadere ad auras / hic opus, hic labor est. ［128-129］）。ところが，そのように言われている割には，実際に地上へ戻る際には，困難にはまったく言及がない。それ故，オウィディウスは冥界からの帰路を叙述したのだと言う研究者もある（Myers 2009, 81 ［ad 120-121］）。とは言え，オウィディウスは帰路に着目しても，帰り道の労苦や危険はさほど大きなもののようには扱っていない。

1 状況設定

　冥界から地上への帰還の旅路は，あたかも夕暮れ時に同行者同士語らいつつ丘を登る散策のように言われている[4]。

> inde ferens lassos adverso tramite passus
> cum duce Cumaea mollit sermone laborem.
> dumque iter horrendum per opaca crepuscula carpit,
> (Ov. Met. 14. 120-122)
> （それから［アエネアスは］登り道に沿って，疲れた歩みを運び，案内役のクマエの巫女との語らいによって労苦を和らげる。そして恐るべき道を，暗い夕闇のなかを進む間に，）

　これは叙事詩からの逸脱のようにも見えるかも知れない[5]。しかしながら，その言葉遣いは，『アエネイス』のある場面を想起させるようなものになっている。最初の2行は，おそらくは『アエネイス』において主人公が，ヘラクレスへの儀礼を終えてエウアンデル王に連れられ，王の邸へと赴く場面を踏まえているのだろう。

> (...). ibat rex obsitus aevo,
> et comitem Aenean iuxta natumque tenebat
> ingrediens varioque viam sermone levabat.　(Verg. Aen. 8. 307-309)
> （王は，高齢のせいで動きが不自由であったが，脇にはアエネアスと息子を供として歩み始め，様々な話をしながら道を楽にしていた。）

---

　4)　Bömer 1986, 53 (ad 14.122)：「あたかも地上への帰り道が，歩みを共にする者らが雑談しながらなした散策であるかのように」

　5)　Solodow 1988, 149：「オウィディウスは、英雄的かつ超自然的なことを日常的なことに変えながら、非の打ち所のない論理によって、地上世界への帰路を難儀なこと、そしてそれ故に当然疲れることとして描いている。」

オウィディウスの mollit sermone laborem（121）は，ウェルギリウスの viam sermone levabat（8.309）に相当する表現である。神格化された英雄への儀礼というこれまた神聖な営みを終えた英雄が，高齢者を伴って移動する。その徒歩の労苦をまぎらわすために語り合う。高齢のエウアンデル王は，（後続部分で明らかになるよう）齢 700 歳のシビュッラに相当する。しかもエウアンデル王も，このあとアエネアスに長い過去の物語を語り聞かせるが，その筋立ての運びは，非日常的な冥界下りを済ませてシビュッラが自分の過去の身の上話を聞かせるという展開に一致している。オウィディウスは単に字句を模倣しているだけではなく，その字句が属している状況設定自体を自作に取り込んでいると言ってよい。

2　アエネアスとシビュッラの対話

'seu dea tu praesens seu dis gratissima' dixit,
'numinis instar eris semper mihi, meque fatebor
muneris esse tui, quae me loca mortis adire,
quae loca me visae voluisti evadere mortis.
pro quibus aerias meritis[6] evectus ad auras
templa tibi statuam, tribuam tibi turis honores.'（Ov. *Met.* 14.123–128）

（アエネアスは言った。「あなたが生き神様であれ，また神様の恩寵を受けた方であれ，常にあなたは神霊にふさわしい方でありましょう。そして，私がこうしてあるのはあなたの御陰であると今後申し上げることでしょう。何しろ私が死を見る場所に近づくことを，また死を見る場所から抜け出すよう思し召しくださったのですから。御尽力の見返りに，地上世界へ戻ったならば，あなたのために神殿を建て，あなたのために乳香の供物を差し上げましょう。」）

6）　Tarrant 2004 の読みに従う（Anderson 2001 は viventi と読む）。

2　アエネアスとシビュッラの対話　　　95

　このアエネアスのシビュッラに対する語りかけについては,『アエネ
イス』第6巻の以下の一節を踏まえていることが指摘されている[7]。こ
れは, 冥界下りに先立ってアエネアスがシビュッラに嘆願する場面に含
まれている言葉である。

> (...) tuque, o sanctissime vates,
>
> praescia venturi, da (non indebita posco
>
> regna meis fatis) Latio considere Teucros
>
> errantisque deos agitataque numina Troiae.
>
> tum Phoebo et Triviae solido de marmore templum
>
> instituam festosque dies de nomine Phoebi.
>
> te quoque magna manent regnis penetralia nostris:
>
> hic ego namque tuas sortis arcanaque fata
>
> dicta meae genti ponam, lectosque sacrabo,
>
> alma, viros. 　　　　　　　　　　　　　（Verg. *Aen.* 6. 65-74）

（そして未来を知る方よ, 神聖なることこの上ないあなた［シビュッ
ラ］にも, トロイア人がラティウムに定住することが叶いますよう
（私は与えられてしかるべき王国を, 我が運命に求めているのです）, ト
ロイアのさすらう神々と追放された神の威光がラティウムに落ち着
きますよう, よろしくお願いいたします。その暁にはアポッロとヘ
カテに硬い大理石で出来た神殿を建立し, アポッロの名に由来する
祝日を制定します。我が王国では, あなたをも大いなる聖所がお待
ち申し上げることでしょう。ここに私は, あなたの仰る定めと未知
の運命, 我が民への予言を置き, 慈悲深き方よ, 人を選んであなた
の神官といたしましょう。）

　『アエネイス』において主人公は, トロイア人とその先祖神が長年の
放浪生活を終えて, 運命によって定められたイタリアの地に移住できる
よう神アポッロとその巫女シビュッラに願っている。そして願いが実現
した暁には, アポッロ神殿を建て, この神の祝祭を定めることを, また

---

　7)　Haupt und Korn 1966, 365; Ellsworth1988a, 50; Bömer 1986, 53 (ad 128); Myers 2009, 83 (ad 128).

96　　　第 5 章　シビュッラとアエネアス

シビュッラに対してはその予言書を神聖なるものとして神殿に奉納することを，さらにそれを管理する神官職を制定することを約束している。一方，先に引用した『変身物語』の文脈では，シビュッラが冥界下りの案内役を努めてくれたことに対し，アエネアスが彼女に労いの言葉をかけている。『変身物語』でアエネアスが見返りとして挙げているのは，彼女自身を祀る神殿の建立であり，彼女に対しての儀礼である。『アエネイス』に親しんだ読者は，オウィディウスのアエネアスがシビュッラに対してすでに行った約束の確認をしているというよりも，感謝の念が極まって巫女を神に格上げして，改めて神にふさわしい約束を行っているような印象を抱くことだろう。

　目の前にいる女人を男性が神と見なしたり，崇拝対象として呼びかける場面は，先行文学にも認められる。研究者たちは，123 行（seu dea tu praesens seu dis gratissima）と 128 行（templa tibi statuam, tribuam tibi turis honores）と『アエネイス』第 1 巻の以下の一節との関連を指摘している[8]。

> 'o quam te memorem, virgo? namque haud tibi vultus
> mortalis, nec vox hominem sonat; o, dea certe
> (an Phoebi soror? an Nympharum sanguinis una?),
> sis felix nostrumque leves, quaecumque, laborem
> et quo sub caelo tandem, quibus orbis in oris
> iactemur doceas: ignari hominumque locorumque
> erramus vento huc vastis et fluctibus acti.
> multa tibi ante aras nostra cadet hostia dextra.'
>
> 　　　　　　　　　　　　　　　　　　　　（Verg. *Aen.* 1. 327–334）

（おお，乙女よ，私はいかにあなたのことを伝えましょうか。実際あなたのお顔は死すべき存在のものではなく，お声は人間のようには聞こえません。きっと神様でありましょう。（アポッロ様の姉妹か，それともニュンペの血筋を持つお一人ですか。）どうかご機嫌うるわしくあれ，我々の労苦を，あなたがいかなる御方であれ，和らげて下

8）　Baldo 1995, 80–81, Papaioannou 2005, 48–49, Myers 2009, 83 ad 128.

2　アエネアスとシビュッラの対話　　97

さい。そしていかなる天空のもと，また大地のいかなる岸辺に我々
は打ち寄せられたか，教えて下さい。我々は住んでいる人々のこと
もこの土地のことも知らずに風と大波によって翻弄され，ここへさ
まよい込んだのです。あなたの前で多くの犠牲獣が我々の右の手に
よって屠殺されることでしょう。）

　イタリアに向かう途上嵐に遭遇し，カルタゴに漂着したアエネアス。
その眼の前に，彼を救うために実の母親にして守護神であるウェヌス
が，女狩人に身をやつして現れる（叙事詩において，神はふつう真の姿を
人間には見せず，変装することになっている）。しかし，アエネアスには眼
前の女性が人間を超越する存在であるように思われる。その本性を訝る
言葉，「お声は人間のようには聞こえません。きっと神様でありましょ
う」（Aen. 1.328）は，『変身物語』の「あなたが生きた神様であれ，ま
た神様の恩寵を受けた方であれ」（Met.14.123）に，供儀を約束する言
葉，「あなたの前で多くの犠牲獣が我々の右の手によって屠殺されるこ
とでしょう」（Aen. 1.334）は「あなたのために神殿を建て，あなたの
ために乳香の供物を差し上げましょう」（Met.14.128）に対応するだろ
う[9]。

　しかしながら，オウィディウスは，Met. 14. 123-128 において，上記
Aen. 1.327-334 とは別の一節に依拠し，その依拠を読者に示唆している
ように思われる。もっとも別の一節とは言っても，それは Aen. 1.327-
334 を作るにあたって，ウェルギリウスもまた視野に入れていると思し

---

　9)　引用した『アエネイス』第 1 巻の一節は，たしかに『オデュッセイア』第 6 巻（149
－185）においてオデュッセウスがナウシカアにかける言葉を踏まえたものでもある。航海の
途上嵐に遭遇し，裸同然のオデュッセウス。彼は自分の姿をただ一人恐れず向き合ってくれ
たナウシカアに感謝し，彼女を女神にも匹敵する存在として讃える。彼女の身内や将来その
伴侶となる男性こそ幸福なる人物，そして顔を眺める自分もまた拝みたいような気がする，
彼女の姿はデロス島の神聖ななつめ椰子にも似ているなどと言い，それに引き比べ自分は長
年故郷に戻ることもできず艱難辛苦の極みにある，自分がどこにいるのかすらもわからない
と嘆き，どうか自分を助けて欲しいと懇願するのである。アエネアスもまた，自分が「大地
のいかなる岸辺に我々は打ち寄せられたか」を知らず，神にも等しく思われるような女性に
救いを求めている。ただ，Ellsworth（Ellsworth 1988a, 51; Ellsworth1988b, 338）の言うよう
に，上記の『オデュッセイア』の一節をもオウィディウスが視野に入れているかどうかは，
疑問である。航海の難を逃れたオデュッセウスと『アエネイス』のアエネアスは比較可能で
はあるが，オデュッセウスと『変身物語』のアエネアスのあいだには距離があり過ぎる。

98 　第5章　シビュッラとアエネアス

き箇所である[10]。『ホメロスの諸神讃歌』に収められている『アプロディ
テへの讃歌』（以下『讃歌』）において，女神アプロディテ（ウェヌス）は
牧人アンキセス（アエネアスの父）に恋いこがれる。そこで人間の女に
姿をやつし（叙事詩的常套の踏襲とともに，牧人の怖れを解くという目的も
ある），彼に近づくが，それでも女神の美の輝きは覆い隠すべくもない。
アンキセスは，女神に以下のような言葉をかける。

> χαῖρε, ἄνασσ᾽, ἥ τις μακάρων τάδε δώμαθ᾽ ἱκάνεις,
> Ἄρτεμις ἢ Λητὼ ἠὲ χρυσέη Ἀφροδίτη,
> ἢ Θέμις ἠϋγενὴς ἠὲ γλαυκῶπις Ἀθήνη,
> ἦ πού τις Χαρίτων δεῦρ᾽ ἤλυθες αἵ τε θεοῖσι
> πᾶσιν ἑταιρίζουσι καὶ ἀθάνατοι καλέονται,
> ἤ τις νυμφάων αἵ τ᾽ ἄλσεα καλὰ νέμονται,
> ἢ νυμφῶν αἳ καλὸν ὄρος τόδε ναιετάουσι
> καὶ πηγὰς ποταμῶν καὶ πίσεα ποιήεντα.
> σοὶ δ᾽ ἐγὼ ἐν σκοπιῇ, περιφαινομένῳ ἐνὶ χώρῳ,
> βωμὸν ποιήσω, ῥέξω δέ τοι ἱερὰ καλὰ
> ὥρῃσιν πάσῃσι· σὺ δ᾽ εὔφρονα θυμὸν ἔχουσα
> δός με μετὰ Τρώεσσιν ἀριπρεπέ᾽ ἔμμεναι ἄνδρα,
> ποίει δ᾽ εἰσοπίσω θαλερὸν γόνον, αὐτὰρ ἔμ᾽ αὐτὸν
> δηρὸν ἐῢ ζώειν καὶ ὁρᾶν φάος ἠελίοιο
> ὄλβιον ἐν λαοῖς καὶ γήραος οὐδὸν ἱκέσθαι.

(*h. Hom. Ven.* 92-106)

（「こんにちは，奥様，この家にお越しのあなたはいずれの女神様
でありましょうか。アルテミス様か，レート様か，黄金のアプロ
ディテ様でしょうか，生まれの高貴なテミス様でしょうか，梟の眼
のアテネ様かそれともひょっとするとカリテスの方々のお一人でご
ざいましょうか。カリテス様であれば，あらゆる神々と親交がおあ
りで，不死と呼ばれておりますよ。はたまた美しい森にお住まいの

---

10) Cf. Harrison 2007, 225-229. Harrison も『オデュッセイア』第6巻のナウシカアの
一節と『アエネイス』第1巻のウェヌスの一節の関連は視野に入れながらも，忘れられがち
な『ホメロス讃歌』とのつながりにも注意を促している。

ニュンペの方々のお一人でありましょうか，あるいは同じニュンペの方でもこの美しい山や，川の水源，豊かなる草地にお住まいの方でありましょうか。私はあなたのため山の頂きに，見晴らしの良い場所に祭壇を築きましょう。そしてすべての季節に立派な捧げものを致しましょう。あなたはご機嫌うるわしく，どうか私がトロイア人のあいだで際立った者となりますよう，そして今後は一族郎党が栄えますようよろしくお願いいたします。そして子孫を栄えあるものとし，この私自身が長く良き人生を送り，陽の目を見ることができますように，民のあいだにあって幸福なる老いの入口に到達することができますように。」）

　アンキセスは，相手が人間を超えた存在であることに気付いていても，誰であるのか限定することはできず，接続詞のἤ（ἠέ）を繰り返していろいろと可能性を挙げて「～かあるいは～か」と推し量ってみせている。一方，『変身物語』のアエネアスはこれを簡略し，いちいち神様の名前を挙げたりしないものの，接続詞 seu（～であるにせよ）をやはり繰り返し，「あなたが生きた神様であれ，また神様の恩寵を受けた方であれ」と話を切り出している。そしてやはり，アンキセスが崇拝の約束をしていること（「あなたのため山の頂きに，見晴らしの良い場所に祭壇を築きましょう。そしてすべての季節に立派な捧げものを致しましょう」）は，『変身物語』のアエネアス（「あなたのために神殿を建て，あなたのために乳香の供物を差し上げましょう」）と同様である。
　オウィディウスが *Met.* 14. 123–128 において，上記『讃歌』への記憶へと読者を誘っていることは，シビュッラのアエネアスの返答と『讃歌』におけるアプロディテのアンキセスへのそれを比較すれば一層明らかである。

> respicit hunc vates et suspiratibus haustis
> 'nec dea sum,' dixit 'nec sacri turis honore
> humanum dignare caput.　　　　　　　　　(*Met.* 14. 129–31)
> （巫女は彼をみつめて，溜め息をつくとこう言った。「私は神ではありませんし，神聖なる香の誉れに人間の頭がふさわしいと思っては

いけないのです。」)

τὸν δ᾽ ἠμείβετ᾽ ἔπειτα Διὸς θυγάτηρ Ἀφροδίτη·
῾Ἀγχίση, κύδιστε χαμαιγενέων ἀνθρώπων,
οὔ τίς τοι θεός εἰμι· τί μ᾽ ἀθανάτησιν ἐΐσκεις;᾽

(*h. Hom. Ven.* 107–109)

(するとゼウスの娘，アプロディテは答える。「アンキセスよ，大地
で生まれたる人間のなかでもっとも高貴なる人よ，私はいかなる神
でもありません。どうして私を神のようであると思われるのです
か？」)

nec dea sum（私は神ではありません）は οὔ τίς τοι θεός εἰμι のほと
んど逐語的な訳になっている。また，措辞上の多少の違いはあっても，
「神聖なる香の誉れに人間の頭がふさわしいと思ってはいけないのです」
は，自分を神様扱いしないで欲しいという趣旨であり，「どうして私を
神のようであると思われるのですか」に一致している。

3　シビュッラの嘆き

　アエネアスはアンキセスとアプロディテ（ウェヌス）の息子である。
父の亡霊に会ったばかりの彼が，父親を彷彿させるような言葉を思わず
知らず漏らしている。しかもそれは，まさに自身の誕生のきっかけと
なった出来事，アプロディテとの出会いにおける父親の言葉である。そ
れは，神話好きな読者の連想をあてにしたオウィディウスらしい自由闊
達な遊びかも知れない。
　しかし，そのような知的遊戯を通してオウィディウスが自分の文脈
に，『讃歌』の詩行をたぐり寄せることには，さらに別の創作意図が介
在しているように思われてならない。当然ではあるが，アエネアスがア
ンキセスに対応するとは言っても，アプロディテとシビュッラはまった
く対応しない。似ても似つかない。「私は神ではありません」という宣
言は，真である。そして，その宣言に引き続き彼女は自分の身の上話を
切り出すことになる。

3 シビュッラの嘆き　　101

'lux aeterna mihi carituraque fine dabatur,

si mea virginitas Phoebo patuisset amanti.

dum tamen hanc sperat, dum praecorrumpere donis

me cupit, "elige," ait "virgo Cumaea, quid optes:

optatis potiere tuis." ego pulveris hausti

ostendens cumulum, quot haberet corpora pulvis,

tot mihi natales contingere vana rogavi;

excidit, ut peterem iuvenes quoque protinus annos.

hos tamen ille mihi dabat aeternamque iuventam,

si Venerem paterer: contempto munere Phoebi

innuba permaneo;'　　　　　　　　　　　　(*Met.* 14.132-142)

（「永遠の，そして終焉のない光が私に授けられたことでしょう，も
しポエブスの愛するままに私が処女を彼に許したとすれば。彼はそ
れを狙い，贈り物によって私を口説き落とすことを望んでいるうち
は，『クマエの乙女よ，望むものを選びとるがよい。望みのものを
お前のものとするがよい』と言いました。私は，掬い集めた砂塵の
山を示し，山がもっている粒の数と同数の誕生日が私に巡って来る
よう，浅はかにも求めたのです。その年月に若くあることも求める
のは忘れたのです。しかし，もし私が愛を受け入れれば，彼はそれ
すらも，さらに永遠の青春すらも許したことでしょう。でも私はポ
エブスの贈り物を軽んじたために，未婚のままでいるのです。」）

シビュッラは，アエネアスが誤解をすることがないようにと（neu
nescius erres ［131］），自身とアポッロ（ポエブス）の関係について物語
る。これに類似したものとしてよく指摘されるのは，同じアポッロと
カッサンドラの物語である[11]。アポッロは絶世の美女たるカッサンドラ
を我がものにしようと，体を許すことの見返りに予言の術を授けること
を約束する。先にアポッロは約束を果たしたが，カッサンドラは神の要
求に応じなかったので，怒った神は彼女の予言が誰にも信じてもらえな

11）　Ellsworth 1988a, 52; Myers 2009, 83. しかし両者は，同時にティトノスとの類似も指
摘している。ただ，カッサンドラとの比較は，オウィディウスの創作上の真意を見極める助
けにはならない。

102　　第5章　シビュッラとアエネアス

いようにしてしまう[12]。神の人間への求愛，贈り物の約束，求愛の拒絶，神の人間に対する懲罰といった過程は，たしかにアポッロとシビュッラの物語にも共通する。

　このような共通性があることは，疑うべくもない。ただ，シビュッラの物語の眼目は，不老を願うことを忘れ，長寿もしくは永遠の命を求めた彼女自身の愚かしさにこそある。そのように考える根拠は，前節において確認したように，オウィディウスがアエネアスとシビュッラの対話を『讃歌』のアンキセスとアプロディテの対話に似せることによって，『讃歌』への連想に読者を誘っていることである。

　『讃歌』の後半部分では，最終的にアプロディテがアンキセスに女神であることを明かし，女神が人間の男性を愛した前例を挙げている（_h. Hom. Ven._ 218-238）。曙の女神エオスはトロイアの王子ティトノスを愛し，誘拐する。彼を不死にするようゼウスに求めると，ゼウスは頷いて願いを叶える。しかし，シビュッラが我が身の永続的な若さを願うことを忘れたように，女神は愚かにも彼のために青春を求めること，おぞましい老いを剝ぎとることを失念した（νηπίη, οὐδ᾽ ἐνόησε μετὰ φρεσὶ πότνια Ἠὼς / ἥβην αἰτῆσαι, ξῦσαί τ᾽ ἄπο γήρας ὀλοιόν. [_ibid._ 223-224]）。そのため，ティトノスは不死ながらもかつての若さと美貌を失う。こうして，女神は彼と臥所を共にすることは止めるが，それでも自分の邸のなかに置き，懇ろに衣食の世話をしてやる（αὐτὸν δ᾽ αὖτ᾽ ἀτίταλλεν ἐνὶ μεγάροισιν ἔχουσα / σίτῳ τ᾽ ἀμβροσίῃ τε καὶ εἵματα

---

　12)　アポッロがカッサンドラに予言術を授けたのに，彼女が見返りに応じなかったという話は，古くはアイスキュロスの『アガメムノン』（1202-1212）に遡ることができる。セルウィウスは以下のような物語を伝えている（ad. _Aen._ 2.247）。qui (=Apollo) cum amasset Cassandram, petit ab ea eius concubitus copiam. illa hac conditione promisit, si sibi ab eo futurorum scientia praestaretur: quam cum Apollo tribuisset, ab illa promissus coitus denegatus est. Sed Apollo, dissimulata paulisper ira, petit ab ea, ut sibi osculum saltem praestaret: quod cum illa fecisset, Apollo os eius inspuit, et quia eripere deo semel tributum munus non conveniebat, effecit, ut illa quidem vera vaticinaretur, sed fides non haberetur.（アポッロはカッサンドラを愛したとき，彼女に同衾することを求めた。彼女は，彼から将来についての知が得られることを条件として，約束した。この術をアポッロが授けたのに，彼女は同衾の約束をした覚えはないと言った。しかしアポッロは，わずかなあいだ怒りを隠し，せめて自分に口づけしてくれるように彼女に求めた。彼女がそうすると，アポッロはその口に唾を吐きかけ，——それというのも，一度授けた賜物を奪うことは神に許されていなかったので——，彼女が本当のことを予言するものの，人から信用を受けないようにしたのである。）

3 シビュッラの嘆き   103

καλὰ διδοῦσα. [*ibid.* 231-232])。しかし，とうとう憎むべき老いが
ティトノスをすっかり圧迫し，彼が四肢をまったく動かせなくなると，
女神の胸にすばらしい考えがひらめく。それは，彼を部屋のなかに押し
込め，輝く扉によって封じ込めてしまうというものだった。女神は，も
はや穢らわしい存在を見なくてもよくなった。とはいえ，手足の力は
萎えてしまったものの，その後も彼の声だけは絶え間なく聞こえてくる
(τοῦ δ᾽ ἤτοι φωνὴ ῥεῖ ἄσπετος [*ibid.* 237])。

　ティトノスが女神エオスの浅はかさによって永遠の老境を課されるの
に対し，シビュッラは自らの愚かしさによって長い老いに苦しまなけれ
ばならない。しかし，両者の不幸は，根本的には不死性や長寿にかんす
る想像力の欠如が招いたものに他ならない。ティトノスが受けている死
よりも残酷な仕打ちは，シビュッラにも通ずるものであろう。彼女は以
下のように自分の境遇について語っている。

> '(...) sed iam felicior aetas
>
> terga dedit, tremuloque gradu venit aegra senectus,
>
> quae patienda diu est. nam iam mihi saecula septem
>
> acta, vides; superest, numeros ut pulveris aequem,
>
> ter centum messes, ter centum musta videre.
>
> tempus erit, cum de tanto me corpore parvam
>
> longa dies faciet, consumptaque membra senecta
>
> ad minimum redigentur onus, nec amata videbor
>
> nec placuisse deo, Phoebus quoque forsitan ipse
>
> vel non cognoscet, vel dilexisse negabit:
>
> usque adeo mutata ferar nullique videnda,
>
> voce tamen noscar; vocem mihi fata relinquent.[13]'

(*Met.* 14. 143-153)

(しかし，もはや幸福な時は背を向けてしまいました。老いが歩み

---

13)　Tarrant 2004 は，152-153 の削除を提案している。彼は『変身物語』第 3 巻 400-
401 行を参照するように促すが，削除の根拠としては不可解である。この 2 行を含まない写
本は，Anderson もまた Tarrnt 自身も報告していない。Myers 2009, 87, ad 152-153 もこの提案
に疑義を呈している

を震わせてやって来ます。これを私は長いあいだ耐えなくてはならないのです。というのも，もはや700年が過ぎましたが，砂塵の数と同じになるためには，まだあと300回の麦穂，あと300回の葡萄の収穫を見なければなりません。私はたったこれだけの大きさですが，長い歳月が私を小さくしてしまうでしょう。弱った体は老年によって，極めて僅かな重みへとすり減って行くことでしょう。そして私は，かつて神に愛され神の心に適った者とは見えないことでしょう。ポエブス御自身もまたおそらく私を認識しなくなるでしょうし，愛したことも否定するでしょう。それほどにまで私は変わり果てたと語り草になり，誰にも姿は見られなくなるでしょう。それでも声によって，私は認識されることでしょう。運命は私に声を残してくれるでしょう。）

『讃歌』では老いは「憎むべき」存在であり，ティトノスを「すっかり圧迫した（πάμπαν στυγερὸν κατὰ γῆρας ἔπειγεν [h. Hom. Ven. 233]）」と言われている。他方『変身物語』では，老いは「歩みを震わせてやって来る」のであり，人をねじ伏せるような攻撃的な存在というよりは，老境にある人の一般的特徴を反映した弱々しさを具現しているが，ここでも『讃歌』同様擬人化されていることは間違いない[14]。シビュッラはこの時点で700年も生きたというのに，まだあと300年も生きることを運命づけられている。そして今後も，絶えず肉体は衰え，すり減っていくという陰鬱な見通しを悲しい諦観をもって語っている。さらにシビュッラが自分を愛した神にも見捨てられ，姿は見えなくなり，最終的に残るのは，声だけであるという点でも，一つの部屋に封じ込められ，そこから声だけが絶え間なく流れてくるというティトノスの状況に酷似しているように思われる。

　以上の考察より，オウィディウスは『讃歌』の模倣を通して，神と人

――――――――
14）　オウィディウスは通常擬人化に際して，その擬人化の対象となるものの具体的性質を身振りや外観として表現する傾向がある。たとえば，「嫉妬（Invidia）」（Met. 2.760–782）や「眠り（Somnus）」（Met. 11.592–632）の描写がこれにあたる。「眠り」が目を覚ます場面はとくに滑稽であり，「どんよりとした重みについ閉じてしまう目を上げることがほとんどできず，何度も何度も仰け反り，またこくりこくりしながら顎の先端を胸の上部に打ちつけ，やっとのことで自分を自分から振り払った」などと言われている。

間の恋，神とは決して同等にはなれない人間の限界という，『讃歌』自体が孕んでいる主題を想起するように読者を促し，シビュッラとティトノスとの共通性に注意を喚起しているのだと言い得る。

4 1000 年の歳月

　前節では，シビュッラの嘆きに『讃歌』の主題への示唆が含まれていることを指摘したが，引き続き何のためにそのような示唆的な言辞を，オウィディウスが持ち込んでいるのかについて考えてみたい。

　前述したように，この巫女の告白は，彼女を神もしくは神から恩寵を受けた存在と見なすアエネアスのとんでもない誤解を解くことをまずは目的としたものであるが（neu nescius erres［*Met.* 14.131］），同時にそれは，彼女自身が人間的な生や不死性に関して，まるで認識不足だったことを後悔する気持ちも込められている。そのような後悔の表明は，一見したところ，オウィディウスがなぞっている『アエネイス』の作品世界から外れた私的な身の上話に過ぎないようにも見える。また，「もし私が愛を受けいれれば，彼はそれすらも，さらに永遠の青春すらも許したことでしょう。でも私はポエブスの贈り物を軽んじたために，未婚のままでいるのです」などという発言も，そのような見方を促すのかも知れない[15]。

　しかし，改めて強調しておくが，シビュッラの身の上話は，冥界におけるアエネアスと父親アンキセスの再会の直後に設定されている。

　　paruit Aeneas et formidabilis Orci
　　vidit opes atavosque suos umbramque senilem

　15）　Solodow 1988, 150:「これはまったく個人的な物語で，それ以上の意味はない。そして，自分が崩壊することに関するシビュッラの諦めの予言は，アエネアスの子孫らがいつか世界を支配するというウェルギリウス作品の自信に満ちた予告とは真逆のものとして意図されている。」Solodow の見解の前半部分については，異論があるものの，後半部分（the Sibyl's resigned prophesying ...）には頷くべき点もある。シビュッラの諦観は，まさしくアンキセスの説く魂の浄化や輪廻の仕組みを知らず，これに逆らうように生きたことにあるからである。

magnanimi Anchisae. didicit quoque iura locorum,
quaeque novis essent adeunda pericula bellis.　　(*Met.* 14.116-119)

（アエネアスは［シビュッラに］従い，恐ろしいオルクスの力を見，
自分の先祖たちや気宇壮大なアンキセスの年老いた霊に会った。そし
て場所の掟を，新しい戦争においていかなる危険に臨んで行くべ
きかを学んだ。）

　この後，第1節で引用した箇所，inde ferens ... laborem という冥界か
らの帰り道として状況を設定する一節（120-121）が続く。そうである
以上，彼女の話をその際のやり取りと関連づけて考えるべきではないだ
ろうか。

　オウィディウスは「そして場所の掟を，学んだ（didicit quoque iura
locorum［118］）」と極めて簡潔に言っているが，この一節は註釈家た
ちが指摘するように，『アエネイス』第6巻の冥界場面において，アン
キセスがアエネアスに魂の循環，輪廻転生について解説している箇所
（*Aen.* 6. 724-751）に該当すると考えられている[16]。

　その解説によれば，内なる息吹が空，大地，海，それに天体を育ん
でいる。魂が世界の各部位に行き渡り，大きな（世界の）肉体と合わさ
る。そうすることで，人や動物たち（鳥も，魚も）が生ずるが，彼らに
は炎の活力や天の血筋が備わっている。しかし，これら天に由来するも
のは，死すべき肉体や大地に由来するものによって阻害される。このた
めに，魂は天を省察することができず，肉体に封じ込められた闇のなか
で，一喜一憂する。また死んだからといって，魂はこうした地上の悪し
きものや肉体の桎梏から完全には自由にはなれない。魂は，こびりつい
た地上的な害悪を取り除くために，償いをなし罰を受けなくてはいけな
い。罪に応じて，あるものは風に曝され，あるものは大水によって洗わ
れ，あるものは火に焼かれる。浄罪行為の後，すべての魂はエリュシウ
ム（楽園）に送られる。

　　(...) "exinde per amplum

---

16)　Haupt und Korn 1966, 364 (ad 118); Bömer 1986, 52 (ad 118); Myres 2009, 81 (ad 118).

4　1000年の歳月　　　　　　　　　　　　107

mittimur Elysium et pauci laeta arva tenemus,

donec longa dies perfecto temporis orbe

concretam exemit labem, purum relinquit

aetherium sensum atque aurai simplicis ignem.

has omnis, ubi mille rotam volvere per annos,

Lethaeum ad fluvium deus evocat agmine magno,

scilicet immemores supera ut convexa revisant

rursus, et incipiant in corpora velle reverti."　　　(*Aen.* 6. 743–751)

（それから，広いエリュシウムに我々は送られる。我々のようにごく少数の魂はそのまま豊かな野に住みつくが，それは長い時が，歳月の循環を完了し，凝り固まった穢れを除去し，天上由来の感覚を純粋な状態に，気の炎を混じりけのない状態にして残すまでのことだ。この者たちは，1000年にわたって時の循環を経たところで，神に呼ばれてレテの川に大きな列を作って向かう。それはもちろん前世を忘れ，地上の天を見るためにであり，肉体に戻ることを欲するようになるためにである。）

　引用した一節は，解釈の難しい箇所ではあるが，少数の（おそらく極めて善良なる）魂のみがエリュシウムで完全な浄めに与ることができる[17]。ここで長い時間をかけて，魂は本来あるべき状態を取り戻すことになっている。しかし大多数の魂は，（おそらくは死んでから）1000年の時間を経たのち忘却の川であるレテの水を飲むことで，忌まわしい前世の記憶を消去し，再び地上世界と肉体に憧れるようになる。少数の魂が最終的な浄めを得る歳月については，「長い時（longa dies [745]）」と言われるだけではあるが[18]，大多数の魂がエリュシウムを離れるときが，

────────────

　17)　Cf. Norden 1957, 16–20. Norden は，魂の輪廻についてのプラトンやピンダロスとの比較から，最終的に「清めの目的で魂がエリュシウムに滞在するのは，不自然なことではない。」(20) と述べ，"et pauci laeta arva tenemus ... ignem" (744–47) は，少数の魂がエリュシウムにおいて浄化されていることを表すと見なす。Austin 1976, 230 ad 744:「少数の者らはエリュシウムに留まるが，そこで受けるにふさわしい清めだけを必要とし，再び世に出る必要はない。アンキセスはそのような人々の一人である。彼らは，748 行以降で言われている魂の群と対比されている。」

　18)　Norden 1957, 19 は，「少数の（最善なる）者らは，エリュシウムに居残り続け，ここで大世界年（1 万年）がめぐるうちに，本来の完全なる清純さを取り戻す。(744–47)」と

「1000 年にわたって時の循環を経たところで（mille rotam volvere per annos［748］）」と言われていることから，これも 1000 年を表しているのかも知れない。

　とにかく，少なからぬ研究者たちが指摘しているように，ここで言われている 1000 年の歳月は，『変身物語』第 14 巻のシビュッラの寿命に一致するし（もはや 700 年が過ぎましたが，それでも砂塵の数と同じになるためには，あと 300 回の麦穂，あと 300 回の葡萄の収穫を見なければなりません［*Met.* 14.145-147]），longa dies という語句は，シビュッラの身の上話（148）にも含まれている[19]。

　こうした一致，共通性は偶然のものではないだろう。むしろ，アエネアスと一緒にアンキセスの解説を聞いたシビュッラは，我が身を振り返って，自分の愚かしさに改めて思い至ったのである。地上の生などは，魂にとっては肉体という牢獄につながれていることに他ならず，少しもありがたいことではない。また，彼女は 1000 年という長い寿命を手に入れたばかりに，魂の服役期間を伸ばし，その間に得ることのできるかも知れない浄化の機会を失ってしまった。『アエネイス』第 6 巻で言われているように，エリュシウムにおける長い時（longa dies）は魂にこびりついている肉体的な穢れを削ぎ落とす。シビュッラの場合，同じ「長い時（longa dies）」は彼女の肉体を小さくするだけのことで，魂を純化することにはならない[20]。

述べている。たしかに（特別善良というわけではない）ふつうの魂の浄化には 1 万年がかかることになっているが（cf. Plato, *Phaedrus* 248E），何故このウェルギリウスの文脈においても浄化の期間を 1 万年とするのか，その根拠はよくわからない。

　19）　Haupt und O. Korn , 367 (ad 146) ; J. D. Ellsworth 1988a, 50; Myers 2009, 86 ad 144-146. なお，シビュッラの年齢については，ウェルギリウスは「長寿の神官 longaeva sacerdos（*Aen.* 6.321)」と言うのみで，何歳なのかについては触れていない。なお，プルタルコス Plutarchus は *de Pyth. orac.* 397 において，Heraclitus の一節（22 B92 DK）を引用している。Σίβυλλα δὲ μαινομένῳ στόματι ἀγέλαστα καὶ ἀκαλλώπιστα καὶ ἀμύριστα φθεγγομένη χιλίων ἐτῶν ἐξικνεῖται τῇ φωνῇ διὰ τὸν θεόν. （シビュッラは，狂気を帯びた口によって笑いなきこと，飾りなきこと，化粧なきことを言いながら，神故に発せられる声によって千年の歳月に到達するのである。）

　20）　アンキセスの言葉とシビュラの悔恨との関連に目を向けている研究としては，Baldo 1995, 87: "le sue parole, dominate dal senso del tempo che dispiega i propri effetti nell'arco dei secoli (cf. 142-44), sembrano la versione debole delle parole dell'Anchise virgiliano, pronunciate da chi deve vivere la propria esistenza plurisecolare in una sofferta, paradossale dimensione terrena[:]" （何世紀にもわたって，その効果を明らかにする時間についての観念に

『アエネイス』における主人公は，冥界で父親アンキセスの話を聞いた後，自分が担うべき建国事業について理解し，強い意志をもってイタリアにおけるたたかいに臨むことになった。しかし，冥界で学習したのは実はアエネアスだけではなかった，とオウィディウスは言いたいのである。同行したシビュッラも，輪廻転生の仕組みを見聞し，時を失ったことを嘆いている。オウィディウスは，ここでも『アエネイス』について読者が持っているだろう記憶に依拠しながら，ウェルギリウスが描かなかった『アエネイス』の世界を描き出している。

ま　と　め

　オウィディウスの状況設定は一見したところ，叙事詩的な出来事の日常化のようにも見られがちではある。しかし，実は『アエネイス』第8巻の一節を連想させるものであり，その意味において手本とした叙事詩の文体をあくまでも維持している。オウィディウスは『アエネイス』の特定の箇所を視野に入れながら，ウェルギリウスがその箇所を創作するにあたって参考にしたと考えられる『讃歌』に遡及し，その一節を自己の文脈に即して利用している。そして，その利用は神と人間の恋という『讃歌』の主題や内容を想起させることにつながり，読者はその主題に沿ってシビュッラの身の上話を解釈することが可能になる。その上で，再びこれを『アエネイス』第6巻の文脈に即して，シビュッラの嘆きの言葉を分析し直すならば，彼女の後悔はアポッロの言い寄りを拒絶したことではなく，1000年の寿命を得ることで，魂の浄化を遅らせることになったことにあると理解し得る。

　つまり，オウィディウスの関心はウェルギリウスという手本のみならず，その手本が手本にした作品にも向けられていることがわかる。この点で，彼の文学研究は徹底したものだった。何気ない一節ではあるが，ここには巧みな工夫と計算が込められている。

支配された彼女の言葉は（142-44），何世紀もの人生を苦しみや逆説に満ちた地上世界において生きなければならない人が口にするもので，アンキセスの言葉の弱々しいヴァージョンのように思われる。）

第 6 章

梟 と 鹿

——オウィディウス『変身物語』第 11 巻 24-27 行の直喩——

は じ め に

オウィディウスの『変身物語』は，そもそも語るという行為自体，あるいは語り手そのものに対して強い関心を寄せている文学作品である。『変身物語』は叙事詩であり，叙事詩である以上は作者が語る行為に関心を持つのは当然ではあるが，たとえばウェルギリウスの叙事詩『アエネイス』に比べると，この関心が意識的に強調されているように思われて仕方がない。その端的な証左は，メルクリウス，ミニュアスの娘たち，カッリオペ，オルペウス，ネストルなど実に多くの作中登場人物が，作中の聞き手を楽しませるための語り手として登場し，しかも『変身物語』の作者同様に，変身と関わりのある物語を聞かせていることにある。なかでも，オルペウスは，単独で複数の恋愛感情を主題とした変身譚を次から次へと語りつないでいると言う点で，作者にもっともよく似ている[1]。オルペウスの歌ったとされる第 10 巻 148 行から同巻最終行

---

1) Perutelli 1995, 211: 'In tale prospettiva il cantore si avvicina fortemente a Ovidio stesso.' 近年，作中の語り手と作者とを峻別するだけではなく，Rosati 2002, 274 のように（歴史的存在としての）作者オウィディウスと物語の総合進行役にあたる第一の語り手とを厳格に区別することを提唱する研究者が現われている。これは語りの構造を見極めるための重要な考え方であると思うが，実際に読者が第一の語り手と作者を厳格に区別していたかどうかは疑問であり，オウィディウスがそのような区別を期待していたかはさらに疑わしい。やはり同時代のローマの日常場面が比喩のなかで持ち出されたり（*Met.* 1.175-176, 3.111-114, 4.122-124, 10.106, 11.25-27, 12.102-104），元首アウグストゥスへの言及があれば（1.204, 15.861-70），読者はこれを作者オウィディウス自身の生の声と考えざるを得なかったのではないかと思わ

（739）までの部分は，『変身物語』の雛形である。『オデュッセイア』第
8巻の作者は，オデュッセウスを前にしてトロイア戦争についての叙事
詩を歌うデモドコスに自己を投影しているが，それと同じようにオウィ
ディウスは，詩人としての自画像をオルペウスに託したのである[2]。だ
からこそ，オルペウスについての考察は，『変身物語』の理解のための
重要な鍵になるのではないかと考えられる。実際，オルペウスは諸研究
者たちの関心をもっとも集めている『変身物語』中の登場人物の一人だ
ろう。本章は，こうした登場人物の特異性に鑑み，オウィディウスがオ
ルペウスの姿を通して漏らしていると思しき一つの芸術観を読み取ろう
と試みる。

1　ウェルギリウスとオウィディウス

　オルペウスについてのエピソードは変身を含まないから，本来『変身
物語』には不向きな題材である。にもかかわらず，オウィディウスがこ
れを取り上げたのは，ウェルギリウスに対する競合意識があったからで
ある。オウィディウスは，第13巻と第14巻で『アエネイス』を明ら
かに意識して，トロイア戦争後のアエネアス一行の物語を扱っている。
『名婦の書簡』第7歌は，『アエネイス』のディード像に触発された結

れる。もっとも，成立した文芸作品は作者の手許を離れたときから，作者の意図や考えから
独立した構成原理を持つようになるから，筆者にはこうした構成原理の研究を否定するつも
りはまったくない。ただ，作者はときに作中の語り手にすら同化していたのではないかと思
われる。オルペウスがミュッラとキニュラスの話をするときに，「私は忌まわしいことを語ろ
うとしている，ここから離れるがよい娘たちよ，父親たちよ」と切り出しているが，これは
オルペウスが鳥，獣，植物，岩を相手に歌っているという状況設定からあえて外れ，ローマ
の読者たちに直接語りかけているように見える。つまり，オルペウスのペルソナをかぶった
作者オウィディウスが思わず正体を現わしているのである。
　なお，Barchiesi 2006, 293-94 は作者が正体を現しているのではなく，オルペウスが近親相
姦のタブーなどとは無縁な観衆（鳥獣，植物，岩）に無用の教えを説くという状況設定を持
ち込むことによって，この一節にオルペウスの啓蒙詩人たる人物像をからかったパロディー
を認める。だが，ミュッラの恋の苦悩を描こうとするところに，そのようなパロディーを読
み込むのは，場違いであるように思われる。
　2)　Knox 1986, 62 は『変身物語』中のオルペウスの歌について論じ，「それは，結局の
ところオウィディウスが書いたような詩になっている」と性格づけている。

1　ウェルギリウスとオウィディウス　　113

果である。同様に，第 10 巻および第 11 巻冒頭部では『農耕詩』第 4
巻の後半部分（いわゆる『アリスタエウス物語』）を踏まえ，ウェルギリ
ウスと競う形でオルペウスの冥府行とその後日談を扱っているのであ
る[3]。

　オウィディウスが『アリスタエウス物語』を踏まえながら，どのよ
うにこれを改変したかを網羅的に分析するのは本考察の目的ではない
が[4]，オルペウスの死にまつわる叙述は注目に値する。

> (...) spretae Ciconum quo munere matres
> inter sacra deum nocturnique orgia Bacchi
> discerptum latos iuvenem sparsere per agros.
> tum quoque marmorea caput a cervice revulsum
> gurgite cum medio portans Oeagrius Hebrus
> volveret, Eurydicen vox ipsa et frigida lingua,
> a miseram Eurydicen! anima fugiente vocabat:
> Eurydicen toto referebant flumine ripae.　　（Verg. *Geo.* 4. 520–27）

　亡き妻を強く慕うあまりオルペウスが自分たちを相手にしないので，
トラキアの女たちは侮辱されたと感じ，バックスの祭儀の最中にオルペ
ウスの身体を引き裂き，野にこれを撒き散らす。彼の頭部は川を下りな
がら，生命を欠いているにもかかわらず，妻の名前を呼び続ける。川岸
はその声を響き返す。

　ウェルギリウスが 8 行足らずで扱った以上の一連の出来事を，オウィ
ディウスは詳細に叙述する（*Met.* 11. 1–53）。たとえば，音楽と言葉に
よって万物を感銘させる優れた詩人が，何故トラキアの女たちの暴力
を鎮められなかったのかについて，ウェルギリウス作品には一切説明が
ない。一方オウィディウスは，この点を合理的に説明している。詩人は

　3）　Cf. Segal 1972, 474:「彼が後に第 14 巻のアエネアスの物語でしているように，オ
ウィディウスは自らの設定に基づき，自らの素材を用いてウェルギリウスに挑戦する。」
　4）　ウェルギリウス『アリスタエウス物語』とオウィディウス『変身物語』との比較に
ついては，Anderson 1985 が両者の対応関係を一覧表（37–39）にしており，これは有益であ
る。ただし，彼によるウェルギリウスのオルペウスについての解釈はあまりに否定的で，こ
れがために比較分析に歪みが生じている。

とある丘で鳥獣，樹木，岩を聴衆として歌っていた。すでに狂乱状態にあった女たちは，「自分たちの軽蔑者」を認めると，彼に向かって石を投げ始める。ところが投げられた石は，詩人の声に魅せられて鎮められ，標的に届く前に落ちてしまう。そこで，彼女たちは詩人の歌声をかき消すべく，笛を吹き太鼓を叩く。大地を踏み鳴らしながら，叫び声を上げる。歌の影響力を喧噪によって無効にしつつ武器を再び投ずると，まずは聴衆である鳥獣が犠牲になり，そして詩人も負傷する。

　敵の歌声を自らの発する音量でもって制するという戦略は，アポッロニオス作『アルゴナウティカ』第4巻（891-919）において，他ならぬオルペウスが竪琴をかき鳴らして，セイレンの歌声の魔力を打ち消したという手柄話を想起させる。もっとも，『アルゴナウティカ』の場合，両者の対決はあくまでも美の競演であり，セイレンの美しくも危険な歌声はそれ以上に美しい演奏に敗北する。これに対し，『変身物語』における対決は美を競い合うというものではない。オルペウスの歌はトラキアの女たちの野蛮な，しかし圧倒的な音量を誇る騒音に敗れ去ったことになる。そして自分の歌が初めて負けたと悟ったとき，彼は命を奪われるのである。したがって，たとい一連の出来事がエリュシウムにおける最愛の妻との再会という幸福な結末（61-66）によって締め括られようとも，やはり暴力と狂気が美を無惨に葬り去る瞬間につきまとう不気味な読後感は禁じ得ない。これは，ウェルギリウス『農耕詩』第4巻を読むときには覚えることのない奇妙な感覚である[5]。

2　梟と鹿の直喩

　オルペウスの死を扱った一節を読み返したとき，不気味な読後感に明確な意味を与えてくれるのは，以下のような直喩を含む箇所である。行数の上でもちょうど一連の叙述（1-53）の中間点に位置し，全体を2分割する節目に位置する一文である。いわば前半のクライマックスとでも言うべき箇所だが，従来そのような重要性に見合った考察が充分になさ

　5）　したがって，Otis 1966 の見解，「オウィディウスがウェルギリウスの模倣をしたのは，明らかに喜ばせるためである」（184）は皮相的に過ぎる。

2　梟と鹿の直喩　　　115

れて来たとは言い難い[6]。

>   ac primum attonitas etiamnum voce canentis
>   innumeras volucres anguesque agmenque ferarum
>   Maenades Orphei titulum rapuere theatri;
>   inde cruentatis vertuntur in Orphea dextris
>   et coeunt, ut aves, si quando luce vagantem
>   noctis avem cernunt, structoque utrimque theatro
>   ceu matutina cervus periturus harena
>   praeda canum est; vatemque petunt et fronde virentes
>   coniciunt thyrsos non haec in munera factos.　　（Ov. *Met.* 11.20-28）

　狂乱状態にある女たちは，彼の歌にうっとりと聞き入る鳥獣たちを血祭りに上げた後，いよいよ攻撃の矛先をオルペウスに転ずる。その様子に関連するのが，24-27 の直喩である。この「鳥たちが，昼間にさまようさまよう夜の鳥（noctis avem, 梟）を見かけた時になすがごとく，そして，円形劇場において（structoque utrimque theatro）鹿が，朝早く砂上で犬たちの餌食となって死に絶えようとしているように」という一節には，2 枚の絵画が並置されている。
　オウィディウスは，『変身物語』においてこのような比喩的画像の並列を随所で好んで用いる傾向があるように思われる[7]。たとえば，以下

---

　6)　この箇所を取り上げて綿密な考察を試みたのは，論者の知る限りでは，Miller 1990 くらいであるが，この Miller 論文も現在のオウィディウス研究者たちには忘れ去られてしまったかのようである。
　7)　『変身物語』の比喩については，Richardson 1963-64 の一覧表（163）が有益である。Brunner 1965-66 は比喩を大規模のもの，中規模のもの，小規模のものに分類し，それぞれの数を『変身物語』の各巻ごとに示している（362）。Bömer 1980（ad 11.24）はこのような複数の直喩が並置されている例をいくつか挙げている。*Met.* 9.498-99, 9.659-65, 11.508-11, 11.614-15, 14.669-71. この他筆者の気付いた例としては，*Met.* 1.504-07, 3.483-85, 4.331-33, 4.362-67, 5.626-29, 6.455-57, 6.527-30, 7.106-08, 8.282-83, 8.835-39, 12.48-52, 12.478-80. 13.789-809. この他ウェルギリウス『アエネイス』の例としては，*Aen.* 2.304-10, 4.465-73, 6.309-12, 12.521-25. Cf. Austin 1977, ad 6.309 ss., Fraenkel 1957, 427-28. 牧歌にも，こうした並列直喩がよく見られる。E.g. Verg. *Buc.* 3.80-83. [Theoc] 8.57-59. 事実，スキュッラに恋したポリュペモスの独白に含まれる Ov. *Met.* 13.789-809 の延々と続く「〜よりも〜だ」という比較級を使った比喩的表現は，彼のグロテスクぶりを反映した牧歌的な言辞の大仰な模倣で

のような例である。

> utque leves stipulae demptis adolentur aristis,
> ut facibus saepes ardent, quas forte viator
> vel nimis admovit vel iam sub luce reliquit,
> sic deus in flammas abiit, sic pectore toto
> uritur et sterilem sperando nutrit amorem.　　　（Ov. *Met.* 1.492–96）

> visa fugit nymphe, veluti perterrita fulvum
> cerva lupum longeque lacu deprensa relicto
> accipitrem fluvialis anas.　　　（Ov. *Met.* 11.771–73）

　1.492–96 の場合，神（アポッロ）はダプネの姿を見るとたちまち恋焦がれる。それは，第一に麦穂の刈り取られた切り株が燃え上がる様子に，第二に垣根が松明によって燃え上がる様子に喩えられている。アポッロは，燃焼するという点を共通項として切り株や垣根と同列に置かれている。一方，11.771–73 の場合，アエサコスに見初められたニュンペは，逃げるという共通項によって第一の画像の鹿，第二の画像のアヒルと同等なのである。

　上記の 2 例に比べると，11.23–28 はいささか異質な並列直喩である。加害者のトラキアの女たちと第一の画像の鳥たちは，明らかに「集結する coeunt（24）」という点において同列である。しかし，第二の画像とトラキアの女たちの行為は，同じ「集結する」という共通項では結ばれていない。したがって，あるはずの第一，第二の画像のあいだの等位性は上記 2 例ほどには自明ではない[8]。

あろう。

　8）　Haupt und Korn 1966, ad loc は，二つの画像に共通点を見出そうとするのではなく，この二重の直喩は語りの進展を表していると述べる。彼らは，まず女たちが鳥獣の殺害でうさを晴らすべく（鳥たち aves の様に）「集結」し，ついで猟犬の群れの如く敵オルペウスに襲いかかるのだと説明している。しかし，それでは何故女たちの行動を分節化し，その「集結」を鳥たちの集結に，その「襲撃」を猟犬の襲撃に逐一対応させなければならなかったのか。対応させるだけのために，わざわざオウィディウスがこのような直喩を持ち出すようには思われない。

2 梟と鹿の直喩　　　117

　両者の共通項を見極めるために，まず第一の梟の場面について検討し
直してみたい。夜活動する梟が昼間姿を現すという光景から，いかなる
状況を想定すべきだろうか。たまたま朝帰りが遅れて，夜明けととも
に飛び立った他の鳥たちに遭遇したのかも知れない。だが，円形劇場の
venatio，つまり猟犬を用いた鹿狩りの見世物を扱った第二の場面と照
らし合わせて考えるならば，ここで描かれているのもやはり狩猟なので
はないか。そのように考えることを示唆するのは，梟の生態について述
べたアリストテレス『動物誌』の一節である[9]。梟の烏やミソサザイと
の敵対関係に触れたあと，

τῆς δὲ ἡμέρας καὶ τὰ ἄλλα ὀρνίθια τὴν γλαῦκα περιπέταται,
ὃ καλεῖται θαυμάζειν, καὶ προσπετόμενα τίλλουσιν· διὸ οἱ
ὀρνιθοθῆραι θηρεύουσιν αὐτῇ παντοδαπὰ ὀρνίθια.

　　　(Aristoteles, *Historia Animalium* 9.1.14-15 [=609 a 13-16])
（昼間，その他の小鳥たちも梟の周りを飛び回るが，これを「驚き」
　と称する。そして彼らはその羽を毟り取る。そこで狩猟者は梟を
　使って，あらゆる種類の小鳥を捕獲する。）

とあり，小鳥たちが昼間に視力の利かない梟を見つけると，寄り集まっ
て攻撃を加えるという習性を応用した狩猟方法に言及している。さら
に Thompson や Pollard が指摘するところによれば，ディオニュシオス
は，『鳥について De Avibus』において (3.17)，「雲雀は鳥によってとら
えられる。狩猟者は梟を銅製の網［霞網のようなものか？］の上で羽搏
かせ，紐を絶えず張りつめ，まんべんなく鳥餅を塗った竿を取り囲むよ
うに立てて置く[10]。夜の鳥である梟を雲雀は襲撃するが，鳥餅と竿とに
よって捕えられてしまう」と，梟を囮に用いた狩猟方法をより具体的に
説明している。
　24-25 に描かれている梟が実は狩猟用の囮であることは，オルペウス
殺害の後日談 (11.67-84)[11] に含まれている比喩によっても示唆されてい

---

9)　Miller 1990, 141 もこの一節を参考箇所として挙げている。

10)　Thompson 1936, 78-79, Pollard 1977, 104.

11)　トラキアの女たちが樹木に変容する話は，他の古代作家には見られない。Lafaye

118   第6章　梟　と　鹿

る。バックスは森のなかでトラキアの女たちを処刑するべく，足を木の
根に縛り付け，足の指をできるだけ引き伸ばし，つま先を地中にしっか
り食い込ませる。彼女たちは逃れようとするが，根がそれを阻む。この
様子は以下のように，鳥刺しが巧妙に仕掛けておいた罠にはまった鳥が
そのことに気付いて，もがけばもがくほど一層きつく絡めとられる姿に
喩えられている。

> utque suum laqueis, quos callidus abdidit auceps,
> crus ubi commisit volucris sensitque teneri,
> plangitur ac trepidans astringit vincula motu,
> sic, ut quaeque solo defixa cohaeserat harum,
> exsternata fugam frustra temptabat;　　　　　（Ov. *Met.* 11.73-77）

　つまり，鳥たちが囮である梟を襲撃し逆に罠に掛かるという一連の動
きは，2枚の絵に分割され，隔てられた場所に置かれて表現されている。
襲撃の絵（24-25）は梟が囮であることを知らない鳥たちの愚かしさを
主題としており，これはオルペウス殺害を犯さんとするトラキアの女た
ちの愚かしさに通ずる。一方，罠に掛かって鳥がもがく絵は遅きに失し
た愚行の自覚が主題であり，自らの罪に気付き罰を逃れようとするトラ
キアの女たちのあがきに通ずるのである。
　以上のような考察から，24-27の並列直喩における2枚の画像の共通
項は，狩猟であると言えるだろう。さらに限定して言えば，動物の本能
的攻撃性を利用した，人間による狡猾で嗜虐的な狩猟である。
　さて，引き続いて探求すべきことは，第二場面とトラキアの女たちの
襲撃との共通項である。もちろん表面的には第二場面の猟犬は女たち
を，鹿はオルペウスに対応することは誰の目にも明白である。しかし，
そのような対応関係を作ることにのみオウィディウスは腐心しているの
ではないだろう。むしろ第二場面において重視すべき点は，狩猟の行わ
れている場所が，円形劇場（structoque utrimque theatro [25]）と特定
されていることである。オウィディウスは，この比喩において venatio

1904 はオウィディウスの創作ではないかと考える（70）。だとすれば，狩猟の比喩自体も詩
人独自の構想に由来しているはずである。

というローマの日常に同時代の読者に連想を促している。そうすることによって，叙述を読者にとって一層身近なものにしようとしているのかも知れないが，ここには狩猟の時間帯へ特定（matutina ... harena［26］）も含まれており，オウィディウスは何か特別な状況を思い描くよう読者に求めているのではないか。

　円形劇場における早朝の見世物とは，Friedlaender が指摘しているところによれば，野獣同士をけしかけて戦わせたり，けしかけた野獣を罪人や捕虜と戦わせたりする血なまぐさい試合である。しかし，昼になれば一層残虐な見世物，剣闘士同士の殺し合いが控えていたと言う[12]。だから，猟犬を用いた朝の鹿狩りは，それ自体の残酷さに加えて，さらに一層血なまぐさい暴力への連想を促している。

　このような流血主体の興行に比べると，オルペウスの歌の聴衆ははるかに洗練されている。鳥獣，樹木，岩ではあるけれども，その演奏によって心を合わせ，その歌声に陶然としている[13]。彼らは titulum theatri（22）と呼ばれており，名目的には観客なのだが，何もスペクタクルを必要としない。詩はもの言う絵。詩人の優れた口演を聞くだけで，見ることができるからである。オルペウスの聴衆は，アドニスが猪と戦って傷つき，死に絶えるのを目撃したのである。実際に，人間が獣に殺される場面を見なければ気が済まない人間とは大きな違いである。この違いを強調するために，オウィディウスは theatri（22）と structoque utrimque theatro（25）とを共鳴させている。そしてさらに，いわんや優れた口演を妨害し，人殺しを実行して見なければ気が済まない野蛮さや愚かしさに至ってはどうだろう？と問いかける方向へ読み手を誘う。第二場面はそのための装置になっていると思われる。

---

12)　Friedlaender 1922, 77.
13)　オルペウスの音楽は自然の弱肉強食を解消し，生物たちの平和共存を実現する。それはウェルギリウス（*Buc.* 4. 22）やホラティウス（*Epod.* 16.33）の歌っているような黄金時代の再現である。Cf. Coleman 1977, ad 4.22.

3　オルペウスとオウィディウス

　本章冒頭に述べたように，オウィディウスは語る行為についての強い関心を意識的に物語のなかに示す詩人である。その関心の根幹にあるのは，言語表現についての強い執着であり，その裏返しである言語の喪失についての恐怖である[14]。人間が動物，植物，石などに変身するというのは，外見の変化は勿論のこと，言葉を失うことをも意味する。また変身に際して，次第に失われようとする言語を必死に取り戻そうと抵抗する登場人物も，随所で印象的に描かれている。雌牛に変えられてしまったイオは，我が身の不幸を訴えようにも，「モー」という鳴き声しか出ないことに絶望する。鹿になったアクタエオンは言葉を失ったが故に，狩猟仲間たちの見ている前で自身の猟犬の群れに嚙み殺される。その姿が蛇に変わろうとしていたカドムスは，舌の先が二つに分かれ，必死になって言葉を話そうとしても，出て来るのはシュウシュウという音ばかりである。また変身によってではないが，言葉や言葉の自由を奪われてしまう登場人物も少なくない。エーコはユノーによって言語の使用範囲を狭められたが故に，ナルキッソスに自らの恋心を伝えることができない。ピロメラはテレウスによって舌を切り取られるが，その舌は持ち主の意志を反映してか，切られてもなお，ピクピクと震えて何かを語りかけようとする。オルペウスの頭部が死後もなお何かを語り続けるというのも，そのような言語表現に対する強い執着の表れと思われる。

　その一方で，彼がトラキア女に遭遇し命を失ったのは，言語表現そのものが無力に陥ったからである。狂乱状態にある相手に自分の言葉がまるで伝わらないという点では，オルペウスはバックスの信女に殺されるペンテウスに通ずる。ペンテウスは，叔母たちや母親アガウエに自分のことを認識するように呼びかけるが，埒が明かない。彼女たちの目には，彼は猪にしか見えないのだから。叔母のアウトノエに対する彼の「アクタエオンの魂がアウトノエの心を動かすように！」(3.720) と

---

14)　Cf. 久保 1978, 28–44（とくに 36–37）.

いう叫びは象徴的である。アクタエオンの名前が出ることによって，実際，変身こそしていないもののペンテウスはアクタエオンと同様の状況に置かれている。第11巻のオルペウスを振り返って見るならば，彼もまた猟犬に襲われ命を落とすことが運命づけられている鹿，すなわちアクタエオンが変えられた存在に喩えられている。結局のところ，オルペウスの状況もまた，言葉を失った『変身物語』の登場人物たちが直面する絶望的状況に通ずる。

　もっとも，オルペウスの場合ペンテウスとは異なり，祈願や呼びかけの言葉ではなく音楽的旋律を伴った言葉，自らの詩を理解してもらえなかったのである。この点で，その絶望的状況は，他ならぬ作者自身にとってより深刻なはずである。なぜなら，オルペウスはオウィディウスの分身に他ならず，その詩とは冒頭でも述べたように恋愛を主題とするような変身物語集であり，『変身物語』全15巻の縮図である。だとすれば，オウィディウスは『変身物語』のなかで，自作『変身物語』が理解されない戦慄すべき状況を思い描いているのである。そして理解しないトラキアの女たちの蛮行は，狩猟や殺戮のスペクタクルに熱狂する同時代人の嗜好に重ね合わされている。

4　古代ローマの作家と劇場

　このような嗜好に眉を顰めていた文人は他にもいなかったわけではない。キケロは，紀元前55年に新しい劇場が落成した際，ポンペイウスが催した興行を見物し，これについて友人マリウスに書簡（*Fam.* 7.1）を書き送っている。書簡のなかで，「それらは凡庸な催し物が通常持っているような機知すら備えていないのである」（7.1.2）と興行の演出がいかに愚かしいものであったかを報告し，友人が興行に列席しなかったがそれは正解だったとする。彼は剣闘士の試合を軽蔑し，狩猟に至っては（何と5日のあいだ毎日2回ずつ行われたが），「無防備な人間がこの上なく強い野獣に引き裂かれたり，立派な動物が槍で串刺しになるとき，洗練された人間には，いかなる喜びとなり得るか？」（7.1.3）と吐き捨てる。また演劇については，その視覚に過剰に訴える演出を批判してい

122　　　　　　　　　　第 6 章　梟　と　鹿

る（7.1.2）。

　　装置の外観は，すべての快活さを奪い，極めて冷静に考えれば人は
　　その装置なしで済ませ得ることだろう。『クリュタエムネストラ』
　　において 600 頭のラバが，『トロイアの木馬』において 3,000 の混
　　酒器が，他の戦いにおいて歩兵や騎兵の様々な装備が，何の魅力を
　　備えていることだろうか。民衆に受けるようなことは，君（マリウ
　　ス）には一切楽しみをもたらすことはなかっただろう。

　こうした視覚本位の演出をキケロは民衆への迎合だと見なすが，共和
政が終わり元首政に入ると，民衆の趣味は騎士階級にも及んでいる。ホ
ラティウスはアウグストゥスに宛てた『書簡詩』第 2 巻第 1 歌で以下
のように嘆いている。

　　Saepe etiam audacem fugat hoc terretque poetam,
　　quod numero plures, virtute et honore minores,
　　indocti stolidique et depugnare parati,
　　si discordet eques, media inter carmina poscunt
　　aut ursum aut pugiles; his nam plebecula gaudet.
　　verum equitis quoque iam migravit ab aure voluptas
　　omnis ad incertos oculos et gaudia vana.　　　　（Hor. *Epist.* 2.1.182–88）

　大胆不敵な詩人すらをも脅かし逃げ出すような事態とは，多数派で
あっても力量や名誉の点で劣り，教養はなく，愚鈍であり，騎士階級と
意見を異にすれば喧嘩も辞さないような物騒な連中が，歌の最中に狩猟
や剣闘士のたたかいを要求することである。詩人は騎士階級に，民衆に
対する抑えあるいは民衆の教化を期待しているようだが，実際のところ
そのような役割は期待できない。なぜならば騎士の趣味もまた，「耳か
ら不確かな目に，空しい喜びに移ってしまった」からである[15]。ホラティ

───────────────
　　15）　Fraenkel 1957, 393–94, Brink 1982, 221. Brink は，視覚的装飾が文学には縁遠く，こ
れによって人々の心を揺さぶろうとすることは，詩作の本流ではないとする，アリストテレ
ス『詩学』の言説（1450b 16–20, 1453b 1–14）を引用している。

ウスは，自分が視覚的効果によって人気を得ている演劇に嫉妬している
のではないと弁明した上で，「何の実体もともなわずに私の心を締め付
け，苛立たせ，宥め，本当でない恐怖で満たし，魔術師の如くあるとき
はテーバイに，またあるときはアテナイに移すような，そういう詩人こ
そ綱渡りをしている［巧みな技を備えた］人に，私には見える」（210-
13）として，彼にとっての詩人の理想的なあり方を呈している[16]。

　一見したところ，オウィディウスはキケロやホラティウスのように，
正面切って大衆的趣味を批判してはいない。そして，たしかにオウィ
ディウスは『変身物語』において，他にも劇場の演出や殺戮場面を比喩
に用いているが[17]，用いること自体は見世物的興行を好意的に捉えてい
ることを必ずしも意味しない。また，『恋愛術』においては劇場へ行く
ことを奨励しているが[18]，それはあくまでも劇場を男女の出会いの場と
して活用することを説いているのであって，むしろ興行そのものに対し
ては無関心であることを間接的に促しているとも言い得る。

　オウィディウスは，『悲しみの歌』において，ローマで自作の劇場公
演が人気を博しているという友人の便りに対して，以下のように言って
いる。

> carmina quod pleno saltari nostra theatro,
> 　versibus et plaudi scribis, amice, meis:
> nil equidem feci—tu scis hoc ipse—theatris,
> 　Musa nec in plausus ambitiosa mea est. 　　(Ov. *Trist.* 5.7.25-28)

　ローマを追放された詩人は，そのような便りに対しても，自分は劇場
のためには何もしていない，自分のムーサは拍手喝采には興味がないと
関わり合いを否定している。Luck は，carmina ... saltari（25）は『名婦
の書簡』の登場人物の行為，雰囲気や感情を，黙劇役者が仕草や踊りで

---

　16)　したがって，Friedlaender 1922, 94-95 が「今日の世界が非人間的な嗜好に感ずるよ
うな嫌悪感の表明は，ラテン文学全体においてほとんど認めることはできない」と言い切っ
ていることには，違和感を禁じ得ない。

　17)　Ov. *Met.*3.111-14, 10.106, 12.102-04.

　18)　Ov. *Ars.* 1.88-176, 3.395-96

表現したことを意味するのではないかと想像する[19]。その真偽は定かではないが，いずれにしても 27-28 には，オウィディウスが劇場における視覚的演出や表象芸術から距離を置こうとする心理が読み取れる。同じく『悲しみの歌』第 2 巻（507-10）では，今日の劇場ではより破廉恥な演目が好まれ，耳のみならず目も恥ずべきものに耐えていることに触れている。そして，「作品が有益でなければ［つまり有害であれば］その分だけ，詩人にとってはそれだけうまみがあり，法務官はそのような罪悪を安からぬ費用で買うことになるのだ」と皮肉っている。したがって，オウィディウスにもまた，キケロやホラティウス同様，視覚に訴える演出方法に批判的な姿勢を読み取ることができる。

ま　と　め

　『変身物語』第 11 巻冒頭においてオウィディウスは，ウェルギリウスがごく短く言及したに過ぎないオルペウス殺害を克明に叙述することに努める一方で，この箇所を自らの文学的立場を表明する場としている。24-27 の並列直喩はそのような詩人の表明を明確にする機能を持っている。鳥たちが囮と思しき梟に群がる場面は，トラキアの女たちの愚かしさを表し，オルペウス殺害後にバックスから受ける罰を先取りしている。また，円形劇場の鹿狩りの場面はトラキアの女たちの残虐性を表し，さらにその残虐性に通ずるような同時代のローマ人の嗜虐趣味や視覚偏重の演出に対する詩人の否定的な見方をも表している。したがって，罰せられるトラキアの女たちの姿は同時代人に対する警告あるいは呪詛にもなっていると考えられる。

　オウィディウスが『変身物語』の創作を手掛けている頃，彼に並び立つような偉大な詩人は（マニリウスは別として）もはやいなかったと言ってよいであろう。ウェルギリウスや恋愛詩の先輩たちは彼の青年期に没しているし，ホラティウスも前 8 年頃には亡くなっている。そのような時期にあって，オウィディウスは孤高の人となっていたかも知れ

---

19)　Luck 1977, ad 5.7b.25-26.

ない[20]。そして，同時代の文化的退潮を実感し，自分が言葉を拠り所に
するしかない詩人でありながら，その言葉が無力になりつつある現実に
も直面していたはずである。彼はそのような自分を，歌の力を無効にさ
れ，惨殺されたオルペウスになぞらえているのではないだろうか。

---

20) Williams 1978, 54-55.

第7章

プロペルティウスとペトラルカ
——二人の恋愛詩人の接点をめぐって——

は じ め に

　プロペルティウスの伝承に，フランチェスコ・ペトラルカ Francesco Petrarca（1304-1374）が重要な役割を果たしたことには，異論の余地はない。今日その伝承は，N 写本の系統と A 写本の系統の大きく二つから（人によっては 3 系統から）成り立つと考えられている[1]。N（Guelferbytanus Gudianus 224）は，1200 年前後にフランスで作成された最古の写本であり，その存在は 15 世紀に入るまでイタリアの人文主義者には知られていなかった。他方 A（Leidensis Vossianus Lat.38）は，やはりフランスにおいて 13 世紀前半に成立していたと思われる。ペトラルカは，フランス旅行中に A 写本と出会い，書写する（現在 π と称される）。π は，彼の死後パヴィーアにおいてヴィスコンティ家が所有していたが，1459 年から 1518 年までのいずれかの時点で失われたようである[2]。とはいえ，1380 年頃コルッチョ・サルターティ Coluccio Salutati が，π から直接別の写本 F（Laurentianus 36.49）を作成した[3]。F に基づいて，ペトラルカがどんな本を持っていたのかを推し量ることはある程度可能である。

　1）　Cf. たとえば A 系と N 系の 2 系統と見なすのは，Fedeli 1984, Goold 1990, 11-13. この 2 系統に加え第 3 の系列を想定するのは，Butrica 1984, Heyworth 2007a.

　2）　Ullman 1911, 286: Ullman 1973, 178-179.

　3）　Ullman 1911, 286-288.

写本伝承上に果たした貢献が大きい一方で，その創作活動に関して，ペトラルカはプロペルティウスからどんな影響を受けたと考えるべきか。この点については，従来否定的な見解が示されてきた。Ullman は，「ペトラルカがプロペルティウスを大いに崇拝する者でなかったことを，我々は認めてよい。彼は詩集をさっと読み通しただけであり，それも1度だけであることも認めてよい」と述べている[4]。その根拠として，Ullman はペトラルカの愛読書リスト（Libri mei Peculiares）を引き合いに出す。Poetica の項目には，ウェルギリウス，ルカヌス，スタティウス，ホラティウス，ユウェナリス，オウィディウスの名前は挙がっているが，プロペルティウスの名前はない[5]。

　その一方で，ペトラルカは『凱歌 Triumphi』のうち『クピドの凱歌』第4歌において，恋愛の苦難を味わい愛神の凱旋行進に従う詩人たちを目撃した。そこでは，オルペウス，アルカイオス，ピンダロス，ウェルギリウスに続いて，プロペルティウスを含むローマの恋愛詩人の名を列挙する[6]。

> l'uno era Ovidio, e l'altro era Catullo,
> l'altro Propertio, che d'amor cantaro
> fervidamente, e l'altro era Tibullo.　（*Triumphus Cupidinis* 4.22–24）
> （一人はオウィディウス，また一人はカトゥッルス，また一人はプロペルティウスで，恋愛について熱烈に歌った人々。そしてまた一人はティブッルス。）

　しかし，La Penna は「ペトラルカのラテン語やイタリア語の詩に，とくに恋愛詩にプロペルティウスのこだまを聞くことを人は期待するかも知れないが，その期待は裏切られる」と述べている[7]。La Penna は，ラテン詩『書簡詩 Epystole』のなかにプロペルティウスの模倣と思われる表現を若干指摘した後，「『カンツォニエーレ Canzoniere』のなかに

---

4)　Ullman 1973, 177.
5)　Ullman 1923, 29, 32–33.
6)　Cf. Caputo 2004, 115.
7)　La Penna 1977, 255.

は，ペトラルカの痕跡は一層少ない」としている[8]。

その一方で，Wilkins は，「私」が人里離れた自然のなかをさまよう様子を歌った『カンツォニエーレ』35 番（以下 *RVF* 35）に，プロペルティウス第 1 巻第 18 歌（以下 1.18 のように記す）の影響を見ている[9]。

Solo et pensoso i più deserti campi
vo mesurando a passi tardi e lenti,
et gli occhi porto per fuggire intenti
ove vestigio human la rena stampi. (1–4)

Altro schermo non trovo che mi scampi
dal manifesto accorger de le genti,
perché negli atti d'alegrezza spenti
di fuor si legge com'io dentro avampi: (5–8)

sì ch'io mi credo omai che monti et piagge
et fiumi et selve sappian di che tempre
sia la mia vita, ch'è celata altrui. (9–11)

Ma pur sì aspre vie né sì selvagge
cercar non so, ch'Amor non venga sempre
ragionando con meco, et io co·llui. (12–14)

（孤独に，物思いに耽って，もっとも人気のない野を，私は遅い，重い足取りで絶えず歩んで行く。砂が人間の足跡を残しているような場所を避けようとして，私は視線を巡らす。[1–4] 人々にはっきりと悟られることから身を守ってくれる覆いを，他には私は知らない。というのも，陽気さの消えた振る舞いを見れば，私が心のなかで，いかに燃え上っているかを読み取ることは可能だから。[5–8] かくして，私が信ずることは，他の人には知られざる我が人生がいかなる性質であるかを，山，野原，川，森が心得ているというこ

---

8) La Penna 1977, 260.
9) Wilkins 1951, 295–298.

と。[9-11] しかしそれでも，愛神が相変わらずやって来て私と話したり，私が彼と話したりしないほどに険しく，荒々しい道を見出すことはできないのである。[12-14]）

Haec certe deserta loca et taciturna querenti,
    et vacuum Zephyri possidet aura nemus.
hic licet occultos proferre impune dolores,
    si modo sola queant saxa tenere fidem.　　　　（Prop.1.18.1-4）
（たしかにここは嘆く者の孤独な，沈黙の場所であり，西風は人気のない森を支配する。もし孤独な岩が約束を守ってさえくれるならばここでは隠した苦しみを安全に口にすることができる。）

pro quo continui montes et frigida rupes
    et datur inculto tramite dura quies;
et quodcumque meae possunt narrare querelae,
    cogor ad argutas dicere solus aves.　　　　（Prop. 1.18.27-30）
（その代わりに，続く山々や冷たい崖が与えられ，人の通わない小道をもって，つらくとも安らぎが与えられる。そして何であれ我が嘆きが語り得ることを，良く通る声で鳴く鳥たちに独り語りかけることを強いられる。）

　たしかに，ソネット第1連の i più deserti campi（1）は，deserta loca（1.18.1）に対応しているように見える。人気のない場所を選んで歩く他に，自身の恋を隠す術はないことを歌った第2連の趣旨は，1.18.3-4 の「もし孤独な岩が約束を守ってさえくれるならば，ここでは隠した苦しみを安全に口にすることができる」に通ずる。また他人にはひた隠しにしている自らの生き様について，山，浜，川，森が証人となっていることを歌った第3連は，「私」が山々や崖において鳥たちに嘆きの言葉を掛けざるを得ないという一節（1.18.27-30）に相当する。また，この一節に含まれた詩句 inculto tramite dura quies（1.18.28）は，いかに荒涼たる自然のなかに身を置いても，愛神と対話することになってしまうという状態を歌った最終の第4連にも関わっている。

Ullman も La Penna も主に表現上の類似に着目して，両者の関係を意外にも希薄であると考えたのだろう。事実，*RVF* 35 と 1.18 とのあいだには，表面的な語句の類似は少ないと言える（たとえば，それは上述の i più deserti campi と deserta loca に留まる）。しかし，詩を作る上でラテン語を用いることとイタリア語を用いることは異なる。たとい措辞の上で類似がないように見えても，主題や着想において大いに影響を受けている可能性は捨て切れない。そこで以降，主に主題と着想という観点から，両者の比較検討を行う。

1　詩的題材としてのキュンティアとラウラ，詩論との関わり

　プロペルティウスは，その詩集に含まれる複数の歌において，詩論を述べている。彼は叙事詩創作を巧妙に辞退する。ささやかながら学殖豊かで，機知に富み，洗練された詩を理想とするカッリマコス主義に従うことを宣言する。その際にしばしば話題に上がるのは，エンニウスである。プロペルティウスは，3.3 で，エンニウスも飲んだというヒッポクレネの泉に口を付けようとしたところを，アポッロに諌められ，恋愛詩を歌うように諭されたと語る。また，4.1 では，自分の口から出る声は叙事詩には適さない小さな声ではあるが，狭いながらも胸から迸り出る言葉は国家の役に立つのだとした後，ローマの歴史を主題とする叙事詩を残したエンニウスと，ローマの起源を題材としたエレゲイア詩を創作する自らとを対比している（「エンニウスにはもじゃもじゃの葉が繁る冠で詩句を編ませるがよい。バックスよ，私には汝の蔦の葉を伸ばしてください Ennius hirsuta cingat sua dicta corona:/ mi folia ex hedera porrige, Bacche, tua.」[4.1.61–62][10]）。

　一方，ペトラルカも文学的題材について歌った *RVF* 186 において，エンニウスを垢抜けない詩人として性格付けている。もっとも，エンニウスと自身との関係については，プロペルティウスの場合とは異なる。*RVF* 186 において，詩人は自らの才能がラウラを讃えるのに不十分であ

---

10)　Ennius hirsuta cingat sua dicta corona:/ mi folia ex hedera porrige, Bacche, tua.

ることを告白する。もしウェルギリウスやホメロスが，ラウラの美しさを見れば，英雄たちの武勲を歌うことを省みず，叙事詩の文体とそれとは別の文体を混ぜて，彼女に誉れを与えることに全力を傾けるだろう。たとい傑出した人物であっても，自身の誉れが劣った詩人に託される運命になった不幸な者もいる。それは，たとえばスキピオ・アフリカヌスであり，またまさしくラウラだということになる。前者を歌うのがエンニウスであり，後者を歌うのが「私」であると結び，自分はエンニウスのような拙い詩人であるという自覚を述べる[11]。

ペトラルカがこのように卑下している背景には，彼自身ポエニ戦争を題材としたラテン語叙事詩『アフリカ Africa』を手掛けていたという事情があろう。彼はプロペルティウスとは異なり，文学的な野心に煽られて迂闊にも叙事詩に手を出した。『アフリカ』を創作する過程で行き詰まり感を覚えた彼には，かつてエンニウスが飲んだ水を飲んだ自分は，結局彼のような洗練を欠いた作品を生み出すのではないかという危惧もあったのかも知れない。

その一方で，詩人は，ラウラが空前絶後の存在であり，これまでのいかなる詩聖も出会ったことのない文学的題材であると強弁しているようにも思われる。彼女を讃えるには，恋愛詩の文体だけでは不十分で，たぶんそこには叙事詩的な崇高さが欠けてはならない。そのことは，「一つの文体を別の文体と混ぜ合わすことだろう l'un stil coll'altro misto (*RVF* 186.4)」にも表れている[12]。負け惜しみかも知れないけれど，自分の能力の不十分を告白することは，彼女の稀有なる美しさをむしろ称揚することになるのだろう。

創作上の題材として，一見したところ，ペトラルカのラウラとプロペルティウスのキュンティアとのあいだには，大きな隔たりがあるように

---

11) Quel fiore anticho di vertuti et d'arme/ come sembiante stella ebbe con questo/ novo fior d'onestate et di bellezze! (9–11) Ennio di quel cantò ruvido carme,/ di quest'altro io: et oh pur non molesto/ gli sia il mio ingegno, e 'l mio lodar non sprezze! (12–14)（かの美徳と武勇の古の華（スピキオ）は，／誠実さと美しさのこの新しい華（ラウラ）と，／どんなによく似た星（運命）を持ったことか！［9-11］エンニウスは前者の垢抜けない歌を歌ったが，／私は後者の別の歌を歌う。おお，願わくば我が詩才が彼女に嫌われませんよう，／私の贈る称賛を軽蔑しませんよう！［12-14］）

12) Cf. Santagata 1996, ad loc.

1 詩的題材としてのキュンティアとラウラ，詩論との関わり 133

思われるかも知れない。たしかに，前者は貴婦人であり貞淑なる人妻であるが，後者はおそらくは解放奴隷である。たとい誰とでも臥所を共にする女ではないにせよ，複数の男性と肉体関係を結んで生きている。しかし，このような境遇の違いがある反面，二人のあいだにはその違いを些末なものに思わせるほど，看過することのできない重要な共通点がある。キュンティアもラウラも，自身のことを歌う詩人を現世に残して亡くなる。恋する人の死が，両詩人の創作において極めて重要な出来事となっている。また，その死の予感は，彼女たちの病弱や病気を主題とした作品にも伏線の如く潜んでいる[13]。たとえば，2.9.26-27[14]や2.28では，結局治癒を得るとはいえ，キュンティアが生死の境を彷徨うような重篤な病を患ったことが歌われる。同様に，*RVF* においてもラウラの健康状態の不安や身体的衰弱が仄めかされる（*RVF* 31-34; 184）。

　プロペルティウスは，悲嘆を通り越し，キュンティアが死後の世界で享受するだろう栄光を夢想する（2.28.25-30）[15]。彼女の美しさは，新たなる美人薄命の神話を生み出し，神話上の美女やホメロス作品に登場する女性すらも凌ぐだろうと称揚する。一方，ペトラルカは，ラウラが早世する場合，天上世界，惑星天に居住し，在来の星々の輝きを凌ぐ存在となるだろうと歌う（*RVF* 31）[16]。死後の世界で最上の栄光を享受す

13）　ラウラの死の予感については，Büdel 1975, 37-39. 恋人の死が創作上の契機となることについては，Tonelli 1998, 258-259.

14）　cum capite hoc Stygiae iam poterentur aquae,/ et lectum flentes circum staremus amici (...)（ステュクスの水が君の頭を支配しかけ，我々友人が君の寝床を囲んで泣いて立ち尽くしたとき……）

15）　quod si forte tibi properarint fata quietem,/illa sepulturae fata beata tuae,/ narrabis Semelae, quo sit formosa periclo,/ credet et illa, suo docta puella malo;/ et tibi Maeonias omnis heroidas inter/ primus erit nulla non tribuente locus.（だがもし，運命があなたの死を急ぐようなことがあれば，あなたの埋葬の運命は幸福なものとなり，あなたはセメレにいかなる危険を美女が持つかを語り，自らの不幸で学んだ彼女は，それを信ずるだろう。ホメロス作品のヒロインのあいだでも，満場一致であなたに第一位の座が与えられることだろう。）

16）　Questa anima gentil che si diparte,/ anzi tempo chiamata a l'altra vita,/ se lassuso è quanto esser dê gradita,/ terrà del ciel la più beata parte.（1-4）S'ella riman fra 'l terzo lume et Marte,/ fia la vista del sole scolorita,/ poi ch'a mirar sua bellezza infinita/ l'anime degne intorno a lei fien sparte.（5-8）Se si posasse sotto al quarto nido,/ ciascuna de le tre saria men bella,/ et essa sola avria la fama e 'l grido;/（9-11）nel quinto giro non habitrebbe ella;/ ma se vola più alto, assai mi fido/ chc con Giove sia vinta ogni altra stella.（12-14）（高貴なるこの魂は旅立つ，／まだ早過ぎるのに，別の世界へと召されて。／もし天上で，ふさわしく評価されるならば，／天のもっとも幸福なる場所に暮らすことだろう。[1-4] もし彼女が第三の光（金星）と火星のあ

るという点では，ラウラもキュンティアと同様である。しかし，キュンティアの死があくまでも人間の死に留まるのに対し，ラウラの死は神聖な意味を帯びている。死後の彼女は天上世界に新たに加わる輝きであり，また在来のすべての輝きを上回ることになるからである。

2　夢のなかに現れる恋人

　プロペルティウスは，キュンティアとの決別を第3巻の最終歌（3.24–25）で宣言した後，4.7で彼女が亡くなったことを歌う。キュンティアは亡霊として就寝中の詩人を訪れ，不誠実を詰る一方で，死後エリュシウムで暮らしていることの誇り，詩人への一途なる深い愛情を表現した。*RVF* では，267において，初めてラウラの死が言及される。これ以降（最後の366まで）の100の歌は，すべて彼女の死を背景としている。そして *RVF* 282–286 および 334, 341–343 といったソネットには，ラウラが詩人の夢のなかに現れて，彼の苦悩や悲嘆を癒そうとしたことが歌われる。しかし，ラウラが就寝中の詩人に掛ける慰めや叱責の言葉が細かく描出されるのは，とりわけ71行からなるカンツォーネ，*RVF* 359である。

　4.7 と *RVF* 359 との関連性の有無は，古くは Carducci–Ferrari の意識にも上っており[17]，複数の研究者，註釈者たちの指摘するところでもある。ただ，La Penna は，この関連を認めることには躊躇する。それは，表現上の類似性が両者のあいだにほとんど認められないからである。*RVF* 359 においてプロペルティウスとの接点として，Carducci–Ferrari が指摘し，La Penna も認めているのは[18]，ラウラを失って泣くしかない

いだに留まるならば，／太陽の外観は翳ることだろう。／というのも，彼女の限りない美しさを眺めようとして，／幸福な魂たちは彼女の周りに散らばるだろうから。[5–8] もし，第4の住処よりも下に憩うならば，／三つの星はいずれも美しさにおいて劣るものとなり，／彼女のみが名誉と名声を得ることだろう。[9–11] 第5の天（火星天）に彼女は住むことはないだろう。／だがもし，これよりも上に昇ることになっても，／木星より上位のすべての星が彼女には敗れることを，私は確信している。[12–14]）*RVF* 31 と Prop. 2.28 の関連については，Tonelli 1998, 288–289。

17)　Carducci e Ferrari 1899, 494–497.

18)　La Penna 1977, 260–261; Carducci e Ferrari 1899, 497.

2 夢のなかに現れる恋人 135

ような悲惨な状態に陥るくらいならば，生まれなければよかったと嘆く一節のみである。Ch'or fuss'io spento al latte et a la culla,/ per non provar de l'amorose tempre!（RVF 359.36-37）は，プロペルティウスの atque utinam primis animam me ponere cunis,/ iussisset quaevis de Tribus una Soror!（Prop. 2.13.43-44）と対応する。

　これは，4.7 以外のプロペルティウスの詩句と RVF 359 に含まれる詩句との類似ということになるが，RVF 359 にはまさしく 4.7 との接点と思しき箇所もある。まず冒頭付近で，ラウラは寝台の左端に立ったと言われている（ponsi del letto in su la sponda manca [3]）。Santagata も指摘するように，それは，Cynthia namque meo visa est incumbere fulcro（Prop. 4.7.3）に相当するように思われる[19]。sponda（寝台の端，縁もしくは［ラテン語と見なせば］フレーム）と fulcrum（背板）は厳密に言えば，語彙としては異なるが，そもそもこうした場所の特定があるというのが重要な共通点である。RVF 359 には「左側」という特定があるのに対し，プロペルティウスにはないことを訝る向きもあるだろうが，プロペルティウスは，fulcrum という単語をこの箇所以外では 2.13.21 と 4.8.68 でしか用いていない。後者は，文脈は異なるが，Lygdamus ad plutei fulcra sinistra latens とある。ペトラルカは 4.7 を念頭に置きつつも，4.7 と双子の関係にある 4.8 に含まれる用例を想起したのではないか。

　一層重要な両者の共通点は，亡き人の眼と髪への言及である[20]。プロペルティウスはキュンティアの亡霊が火葬以前と同じ眼と髪とを保っていたことに触れている（eosdem habuit secum quibus est elata capillos,/ eosdem oculos. [4.7.7-8]）。そもそも恋の発端となったのも，彼女の眼差しだった（Cynthia prima suis miserum me cepit ocellis [1.1.1]）。髪についても，2.2.5 でその美しさが讃えられる。2.3.9-14 では眼と髪の双方が言及される。同様に，ペトラルカにとっても，運命的な恋愛の発端は，ラウラの美しい眼だった（i be' vostr'occhi, donna, mi legaro [RVF 3.4]）[21]。また，その金髪の魅力も歌集の随所において言及されて

---

19) Dolla 1987, 38; Santagata 1996, ad loc; Tonelli 1998, 263.
20) Dolla 1987, 39; Fiorilla 2012, 61; Tonelli 1998, 264.
21) Pasquini 1985, 239-240.

いる[22]。ペトラルカにとって，眼と髪は彼女の美を代表する要素である。そのことが，天に昇ったラウラの言葉を受け入れられず，彼女の外形的な美に囚われ地上的な愛を引きずる詩人の言葉，「この金髪と黄金の結び目が──と我は言う──今も私を束縛し，我が太陽だったその美しき眼も，またそうするじゃありませんか。"Son questi i capei biondi, et l'aureo nodo/ —dich'io—ch'ancor mi stringe, et quei belli occhi/ che fur mio sol?" (*RVF* 359.56–58)」にも表れている。

　このように，両者のあいだには表現上の共通性が散発的かつ少数ながらも存在する。その一方で，プロペルティウス 4.7 の大半がキュンティアの長広舌によって成り立っているのに対し，*RVF* 359 の大半はペトラルカとラウラの対話の形で進行する。この点は，たしかに両者の大きな違いと言えよう。*RVF* 359 の対話形式は，ボエティウスの『哲学の慰め *Consolatio Philosophiae*』を手本としているのかも知れない。また，多くの注釈者が指摘するように，ダンテ『神曲 *Divina Commedia*』（煉獄篇第 29 歌や第 30 歌）の影響を受けていることは確実である。ペトラルカ自身，対話形式の散文『我が秘密 *Secretum*』を著した実績もある。とはいえ，すでに確認したように，亡霊が訪れる場所は詩人の臥所である。彼女が，美しい胸元から月桂樹と棕櫚の枝を彼に差し出す際のそこはかとない官能美（8）を，さらには彼女の手で泣きはらした頬を拭ってもらう甘美な悦び（68）を見逃してはならない。ダンテやボエティウスとの関連は，*RVF* 359 の恋愛文学との結び付きを排除するものではない。

　「甘美にして誠実なる我が慰め il soave mio fido conforto（1）」と言われるラウラの来訪目的は，詩人に自分の死を嘆くことを止めさせることである。彼の嘆きは，le triste onde/ del pianto（14-15），l'aura de' sospir' （16）と言われるが，これは *RVF* 267 以降の歌を指すのだろう。他方，彼女が遠過去時制を用いて，se tu m'amasti/ quanto in sembianti et ne' tuoi dir' mostrasti（21-22）と言うとき，それはラウラの生前に創作した，彼女を慕い神々しく崇高なる存在として讃えた歌の創作を意味するのではないか[23]。そのような恋愛詩の創作を，「愛した」と表現しているので

22）　*RVF* 11.9; 59.11; 213.3;270.57. Cf. Pasquini 1985, 238–239.

23）　Santagata 1996, ad 359.22: "per il raro parole "dir(i)": 'parole in rime, poesie'." Tonelli

ある。これに対して，後続箇所に現れる「この甘いあなたの偽りの戯
言 queste dolci tue fallaci ciance（41）」は，亡くなったラウラへの思いを
綴った諸歌を意味しているのだろう。Büdel も指摘しているように[24]，
ラウラは，「土くれ（となる容姿）を求める quel che tu cerchi è terra（61）」
ペトラルカの恋愛詩が，もはや魂の救済のためにならないものと考え創
作を戒めている。

　亡き人の批判の矛先が詩人の創作活動に向かうということは，*RVF*
359 と 4.7 との重要な共通項である[25]。4.7 において，キュンティアは，
longa mea in libris regna fuere tuis（50）と述べ，自らの苦言や叱責が彼
の創作と関わっていることを示唆する。彼女が批判するのは，プロペ
ルティウスが過去の作品において，foedus amoris や servitium amoris を
基調とした未来永劫の持続と全的な献身を約束する愛を歌い上げなが
ら，彼女の死に際して冷淡な態度を取り，他の女性に思いを寄せ，自分
のことを忘れてしまったかのように思われることである。キュンティ
アは，そのような詩人の創作を「偽りの言葉 fallacia verba（4.7.21）」と
呼び（これはラウラがペトラルカの歌を fallaci ciance と一蹴したことと関連
する[26]），「私の名前においてあなたの作ったすべての歌は，どうか焼い
てください quoscumque meo fecisti nomine versus,/ ure mihi（4.7.77-78）」
と作品そのものを隠滅することすら命じている。また，プロペルティウ
スが文学的栄光の表象である蔦との縁を願ったのは，第 1 節で述べた
通りであるが，そのような蔦が自分の墓に及ぶことも拒絶する（pelle
hederam tumulo mihi［4.7.79］）。キュンティアは，詩人の過去の作品に
対して拒否反応を示し，彼の文学的栄光に対しても冷淡なのである[27]。

　一方ペトラルカは，詩人として桂冠を受けるという名誉を受けた。そ
の彼に向かって，あらためてラウラが棕櫚と月桂樹という勝利と栄光の
しるしをちらつかせるのは（*RVF* 359.7-8; 43-44），地上的な栄誉や名
声ではなく，信仰による彼岸における栄光の獲得に彼を誘うためだろ

1998, 264.

　24）　Büdel 1975, 46; 48.

　25）　Büdel 1975, 46（4.7 と *RVF* 359 のそれぞれでキュンティア，ラウラが詩神として
プロペルティウス，ペトラルカの詩作について判断を述べていることに着目する）。

　26）　Fiorilla 2012, 62; Tonelli 1998, 264.

　27）　本書第 2 章第 1 節を参照。

う[28]。ラウラの言動は，キュンティアに比して穏やかではあるが，詩人の文学に消極的な態度を示し，恋愛詩から足を洗うことを促しているように見受けられる。

しかし，作品への冷ややかな姿勢は，両詩人の愛を拒絶することを意味しない。むしろ彼女たちは，詩人たちがこの世を離れた後，一緒になることを望んでいる。もっとも，ラウラは詩人の魂が救済され，彼が自分と天上世界で共に暮らすことを願っている（*RVF* 359.54–55; 60–66)[29]。他方でキュンティアは，形骸化してしまった生の次元において，地上的・肉体的愛の完成に執着しているように思われる（今は別の女どもがあなたを捕えるがよい。やがて私が独り占めします。あなたは私と一緒になり，私は混ざった骨で骨を摩滅する。nunc te possideant aliae: mox sola tenebo:/ mecum eris et mixtis ossibus ossa teram.［4.7.93–94]）。この点ではむしろ，ラウラは彼女と好対照をなしている。彼女は，肉体を取り戻して，かつてないほど美しい存在となって，詩人と自らを救済することを予言する。

キュンティアは，プロペルティウスに対する自らの変わらぬ愛を誓った後，自身が幸福なエリュシウムに住んでいることを告げる。そのような安寧の地に在っても，詩人の犯した不義の罪を心密かに憂う（celo ego perfidiae crimina multa tuae［4.7.70]）。このキュンティアの心理は，至高天からラウラが，地上的な愛に囚われ天上世界に目を向けないペトラルカを心配することにも通ずるだろう。たしかにペトラルカ同様，プロペルティウス自身も恋する人（キュンティア）の不在を臥所において嘆いていた（4.7.5–6）。とはいえ，ラウラとは異なり，キュンティアは

---

28) Büdel 1975, 50.

29) *RVF* 359.54–55: a Lui ti volgi, a Lui chiedi soccorso,/sì che siam Seco al fine del tuo corso.（主に向かい，主に救いを求めなさい。／そうすれば，あなたの人生の終わりに，我々は彼の前で一緒になれるでしょう。）*RVF* 359 60–66: Spirito ignudo sono, e 'n ciel mi godo:/ quel che tu cerchi è terra, già molt'anni,/ ma per trarti d'affanni/ m'è dato a parer tale; ed ancor quella/ sarò, più che mai bella,/ a te più cara, sì selvaggia e pia,/ salvando inseme tua salute e mia.（私は無垢の魂であり，天上にて楽しみ暮らします。／もう何年も前から，あなたの求めるものは土くれなのです。／だが，あなたを懊悩から救うべく，／このように姿を現すことが許されたのです。私は再びそのような姿をとり，／空前絶後の美しき者となりましょう。／あなたにとって一層かけがえのない，苛酷な，そして憐れみ深い存在となります，／あなたと私の救済を実現しつつ。）

2 夢のなかに現れる恋人　　139

自らの来意を明確には伝えていない。彼女は一方的に発言する。ラウラ
とは異なり，詩人に対する慰めとなる言葉はわずかであって，むしろ彼
に対する不満が支配的である。

　たぶんペトラルカは，*RVF* 359 の創作に際して，4.7 を手本として利
用する傍ら，4.7 と少なからぬ結び付きを持つ 4.11 をも参考にしている
のだろう。4.11 では，亡くなったルキウス・アエミリウス・パウッル
ス Lucius Aemilius Paullus の妻コルネリア Cornelia が夫に語り掛けたと
仮定して，その別れの言葉が直接話法の形で展開されている。コルネリ
アはローマの貴婦人であり[30]，貞淑な妻である。むしろ社会的な身分と
いう点では，彼女は，キュンティアよりも，ラウラのモデルにふさわし
いと言えよう。彼女も夫に対して嘆くことの無意味を諭す。

> Desine, Paulle, meum lacrimis urgere sepulcrum:
> 　　panditur ad nullas ianua nigra preces;
> cum semel infernas intrarunt funera leges,
> 　　non exorato stant adamante viae.
> te licet orantem fuscae deus audiat aulae:
> 　　nempe tuas lacrimas litora surda bibent.　　　　　(4.11.1–6)

（パウッルスよ，私の墓を涙で責め苛むのはやめてください。暗黒
の扉は，どんな願いにも開かれはしません。一度冥府の掟のなかへ
死者が入り込めば，そこには嘆願を聞き入れない鋼鉄でできた道が
在ります。たといあなたが嘆くのを，暗い広間の神が聞くにせよ，
きっと聾の岸はあなたの涙を呑み込んでしまうでしょう。）

　コルネリアはラウラとは異なり，天上ではなく地下の冥界にあるが，
この一節は基本的には「嘆きの波が至高天へと渡り，我が平穏を乱すの
です Le triste onde (...) passano al cielo, et turban la mia pace（14–17）」や
「何のためにあなたは泣き，消耗して行くのですか A che pur piangi et ti
distempre?（38）」に通ずる[31]。

---

　30)　コルネリアはスキピオ・アフリカヌスの末裔であり，この点においてもペトラルカ
の興味をひきつけたはずである（Tonelli 1998, 255）。

　31)　Tonelli 1998, 266.

また，コルネリアは夫が臥所で自分の不在を嘆く際には，夫を慰めるべく夢に現れることを約束する（パウッルスと，私を思って悩む夜に，あなたの夢はしばしば私の姿に託されます。それで十分としなさい。sat tibi sint noctes, quas de me, Paulle, fatiges,/ somniaque in faciem credita saepe meam [4.11.81–82]）。すでに述べたように，ペトラルカは，*RVF* 282 以降のいくつかのソネットのなかで，打ちひしがれた彼の魂を慰めようとして，ラウラが夢に現れたことを繰り返し歌っている。さらに，「私は無垢の魂ですが……あなたを苦悶から救うべく，このような姿をまとうことを許されているのですよ Spirito ignudo sono (...) ma per trarti d'affanni/ m'è dato a parer tale（*RVF* 359. 60–63）」は，4.11.81–82 を踏まえているように思われる[32]。

3　ペトラルカの創作手法

4.7 および 4.11 と *RVF* 359 は，内容や文脈の上ではこのように呼応するにもかかわらず，ペトラルカの言葉遣いはほとんどプロペルティウスの詩句と似ていない。しかし，それはペトラルカが 4.7 を視野に入れていないからではなく，むしろ意図的に表現上の類似を避けたからだと思われる。

Coppini および Venier は，ペトラルカがいかに古典作家の模倣を試みたかを論ずるに際して，1366 年に詩人が友人ジョヴァンニ・ボッカッチョ Giovanni Boccaccio に送った書簡（*Res Familiares* 23.19）を引用している[33]。ペトラルカは，自身の下でよく勉学に励み，まめまめしく自分に仕えてくれる写字生ジョヴァンニ・マルパギーニ・ディ・ラヴェンナ Giovanni Malpaghini di Ravenna を褒めちぎる。さらに，写字生が詩作に励んでいることに触れ，創作の手法について，彼に以下のように指導したと述べる。

32）　Tonelli 1998, 267.
33）　Coppini 1989, 272–275; Venier 2019（刊行準備中）. Venier 2015–2016 も，『書簡詩』の第 1 巻第 6 歌に関して，ペトラルカがプロペルティウスを含む多岐にわたる先行文学を視野に入れて模倣していることを例証する。

3 ペトラルカの創作手法 141

(...) curandum imitatori ut quod scribit simile non idem sit, eamque similitudinem talem esse oportere, non qualis est imaginis ad eum cuius imago est, que quo similior eo maior laus artificis, sed qualis filii ad patrem. (...) Standum denique Senece consilio, quod ante Senecam Flacci erat, ut scribamus scilicet sicut apes mellificant, non servatis floribus sed in favos versis, ut ex multis et variis unum fiat, idque aliud et melius[34].

（そして類似が，似れば似るほど技術の誉れが大きくなるような肖像とその肖像の本人とのあいだの類似ではなく，子供と父との類似のようにあるべきだということである。……つまり，セネカの忠告——それはセネカ以前にホラティウスの言葉であったが——を踏まえるべきなのだ。いわば，花々を蓄えるのではなくそれを蜂の巣に変えることによって，蜜蜂が蜜を作るように，我々は書くべきである。それは，多くの様々なことから一つのものが生じ，それが別の佳いものになるがためである。）

　模倣は，肖像が本人に似るようなものではなく，子が父に似るような類似とならなくてはならず，子を見ると父を思い出すようなものであるべきだとされている。また，蜜蜂が複数の花々から蜜を集め蜂蜜に加工するように，多様な作品から素材を求め，これらを合わせて佳いものを作ることを奨励する。それは，ペトラルカも言う通り，セネカの『道徳書簡 Ad Lucilium Epistulae Morales』（84.3–10）の言説を踏まえており，蜜蜂の比喩はホラティウス『カルミナ Carmina』第 4 巻第 2 歌 27–32 行にも遡るのだろう。

　この教えに相当することを，ペトラルカは RVF 359 においても，実践しているのではないか。彼は，ダンテの作品やボエティウスの『哲学の慰め』の他，プロペルティウスの 4.7 そして 4.11 などから詩的素材を選び，これらを融合した。そして，まさしくこうした先行作品に親しんだ人が見れば，その記憶が蘇ってくるような詩に仕上げたように思われる。

34）　Rossi 2015, ad 23.19.11–13 (521–523).

ま　と　め

　ペトラルカは，叙事詩というジャンルに対する姿勢に関して，プロペルティウスとの違いを意識しながらも，ローマの恋愛詩人としてのプロペルティウスの創作理念に触れて，少なからぬ影響を受けたように思われる。その影響は，詩句の表層的な模倣ではなく，文学的類型として，あるいは作品の中心主題として現れる。恋愛を知らなかったプロペルティウスを呪縛したキュンティアの眼や髪は，*RVF* を通じて太陽になぞらえられるラウラの眼や彼女の金髪に受け継がれた。とくに，*RVF* 359 は一貫するこの類似主題をあらためて意識的に提示している。また，死した女性が就寝中の詩人の前に現れるという設定において，ラウラが詩人の創作には否定的ないしは冷淡でありながらも，彼岸においての合一ないしは共存を志向するという態度は，まさしく 4.7 のキュンティアと重なっている。

　冒頭で述べた π からの直接の写しである F に話を戻すと，4.7 の冒頭箇所の欄外（66v）には，nota post mortem non interire animam vel aliquid superesse（死後魂は死なない，あるいは何かが残ることに注目せよ）と記されている。このような注記は，他の歌を見てもあまり例のないものである。Dolla と Fiorilla はこれをペトラルカ自身のものと見なしている[35]。判断は難しいが，注記自体も π に遡る場合，他ならぬペトラルカの興味の強さを示しているのではないか。4.7 がプロペルティウスの詩集の要となる歌の一つであり，また詩集全体を俯瞰するような地位にあることを思えば，この詩がとりわけペトラルカの関心をとらえ，彼を一層綿密なるプロペルティウス研究に向かわしめた可能性は，あながち否定できない。

35）　Dolla 1987, 40; Fiorilla 2012, 61.

結　　論

　プロペルティウスは，その詩集全篇を通じて，叙事詩が題材としたギ
リシアやローマの神話に強い関心を抱いていたように思われる。彼に創
作上の着想を与え，作品の中心主題となっていた恋人キュンティアは，
しばしば神話のヒロインと比較された。自らの恋愛体験，恋の苦悩は神
話世界と並置されて，意味づけられた。結局のところ，彼は終生エレゲ
イア詩の創作に徹し，叙事詩に路線変更することはなかった。しかし，
度重なる recusatio とは裏腹に，叙事詩創作の思いは断ち難かったよう
である。彼は，その思いを粉飾しようとするかの如く，ローマのカッリ
マコスを自任したのである。

　その一方で，ウェルギリウスが『アエネイス』を創作したことは，プ
ロペルティウスには大きな衝撃だったように思われる。たぶんそれは，
ウェルギリウスという先達がカッリマコス主義を破ったことよりも，
『アエネイス』が『イリアス』や『オデュッセイア』の徹底的な研究と
創造的な模倣の産物だったことにあるだろう。プロペルティウス自身叙
事詩を熱心に研究し，それを自己の文学世界に手繰り寄せてきた。彼が
豪語するように，寝床の上でキュンティアと取っ組み合えば，「長大な
『イリアス』longas Iliadas（Prop. 2.1.14）」が出来上がったのである。登
場人物や場面を『イリアス』や『オデュッセイア』の特定の登場人物や
場面に対応させる『アエネイス』の物語手法は，恋人を神話世界に結び
付けて彼女を永遠化する試みと本質的には等しいと思われたことだろ
う。自分が本家本元なのに，お株を奪われた，先を越されたという悔し
さすらあったかも知れない。

　プロペルティウスは，一旦自身の恋愛を題材とすることを止めるが，
エレゲイア詩を書くことは継続する。ローマのカッリマコスにふさわし

く，第 4 巻においてはローマの起源や歴史を扱うことを決意する。ところが，その決意は揺らぎ，4.7 や 4.8 のようにキュンティアを再登場させてしまう。キュンティアに対する未練が，恋愛詩への一時的な回帰を促したのかも知れないが，一層強く働いたのは本格的な叙事詩を模倣してみたいという欲求だった。

こうして，4.7 は『イリアス』第 23 巻においてパトロクロスの亡霊がアキッレスの前に現れる場面を，4.8 は『オデュッセイア』第 22 巻において主人公が正体を明らかにし求婚者たちを誅殺する場面を模している。4.7 ではキュンティア（の亡霊）がパトロクロス（の亡霊）に，プロペルティウスがアキッレスに扮することになる。一方，4.8 では，キュンティアはオデュッセウスに，プロペルティウスがペネロペに扮することになる。

扮してみて明らかになるのは，彼自身と神話上の人物との極端な隔たりである。この隔たりによって，プロペルティウスが得意とする自嘲や自己戯画は一層効果を発揮する。4.7 において，キュンティアの嵐のような叱責や非難を浴びて，彼の愚かしさ，偽善，不実は露わとなる。一方で，キュンティアはダメな男を赦し，冥界にあってなお愛し続ける広い度量の持ち主であり，高潔な人物として性格付けられることになる。4.8 において，プロペルティウスは恋人の留守中に浮気を目論む。ペネロペとは似ても似つかない不実な人物である。一方，オデュッセウスのように突如帰宅して宴に加わった者をきつく懲らしめるキュンティアは，自らの恐ろしい剣幕を見て心密かに喜び唯々諾々と命令に服する詩人をやはり赦してやる。

二つの叙事詩のパロディーは，プロペルティウスがもはや恋愛詩人ではなくなっていることをも示唆している。4.7 のキュンティアの亡霊は，恋愛の源泉のなれの果てである。彼が恋愛詩に戻ろうと試みても，その着想の源泉となり得る女性はもはや存在せず，冷たい不眠の床で一人嘆くしかない（cum mihi somnus ab exsequiis penderet amoris/ et quereret lecti frigida regna mei ［4.7.5–6］）。「長大な『イリアス』」が出来上がらない悲哀を，『イリアス』のパロディーをもって語っている。4.8 は新しい恋愛詩を開拓することを目指して，別の女性との接触を試みたが着想は得られず，キュンティアの帰還によって着想が戻ってきた体験を，あ

くまでも過去の出来事として提示している。『オデュッセイア』の夫婦のごとく二人が臥所を共にするとき，武装を解除した（solvimus arma toro）と言われている。仲直りは，もはや「長大な『イリアス』」が歌われることがなくなったこと，恋愛詩を卒業したことを逆説的に表している。

　ティブッルス第1巻には，このエレゲイア詩人のプロペルティウス第1巻に対する反応が随所に認められる。とりわけ1.8には，プロペルティウスの創作心理に対する皮肉な態度が仄めかされている。1.8では，詩人が恋愛の師として二人の若い男女に語りかけ，恋の道を説く。プロペルティウスの詩句とも響き合うその饒舌なる教えは，とりとめのないものである。そして，恋愛には役立つはずの詩人の言葉は，恋愛の現場で何の効力も発揮しない。ティブッルスは自らの言葉の無益さを自覚し，恋愛の師を自任する自己を戯画化しているが，それはとりもなおさず，恋愛詩の有用性を主張するプロペルティウスの戯画化にもつながっている。ティブッルスは，プロペルティウスの強がりめいた主張に，彼が叙事詩ジャンルへの憧れを封印していることを読み取っていたのだろう。そして，創作分野を同じくするティブッルスは，プロペルティウスへの対抗意識から，神話や叙事詩について語ることを控えたのかも知れない。

　ウェルギリウスが遺した『アエネイス』は，従来のホメロス叙事詩と並んで，同時代の詩人の精査な研究対象となった。プロペルティウスは，作品が完成する前からすでに，「何か『イリアス』よりも偉大なものが生まれる nescio quid maius nascitur Iliade（2.34.66）」と歌い，その類い稀なる崇高さを認めていた。第2章でも考察したように，彼は『アエネイス』第5巻のアンキセスの言葉を，4.7のキュンティアのそれに活用している。しかし，誰よりもウェルギリウス作品を緻密に研究し，これを自己の創作に戦略的に利用しようとしたのは，オウィディウスだった。彼は，天賦の詩人を自任したが，むしろ優れた文学研究者だったと思われる。

　オウィディウスは，1.1において恋愛体験と無関係に恋愛詩人になったことを告白しているが，これは彼が真性恋愛詩人でないことをも意味する。最初期の詩集『恋の歌 Amores』においてすでに，彼は恋愛を歌

うというよりも，むしろ恋愛エレゲイア詩人を演じているようにも見える。叙事詩の辞退を表明しても，プロペルティウスのような心理的な葛藤の深刻さはない。そしてついには叙事詩『変身物語 *Metamorphoses*』を手掛け，これが作者自身の予言通り，不朽の名作として今日に伝わる。

オウィディウスは『変身物語』第13-14巻において『アエネイス』の筋をなぞっているが，それはもちろん単なる要約ではない。むしろ，『アエネイス』の作品世界を補完するかのように，『アエネイス』が黙って通り過ぎた箇所を詳述する。詳述するにあたって，オウィディウスは自身が手本とした作品のみならず，その手本が踏まえている先行作品にも遡り，そのようなテクストの血縁関係を読み込むことに読者を誘っている。そうすることによって，自作に奥行きを与え，何気ない言葉にも重みを加えている。

『変身物語』第11巻の冒頭部分は，ウェルギリウスが『農耕詩 *Georgica*』第4巻のいわゆる「アリスタエウス物語」において扱った詩人オルペウスの死を踏まえている。ここでも，ウェルギリウスがごく簡単に通り過ぎている箇所にオウィディウスは関心を寄せ，詳述を試みている。オウィディウスは，自身をオルペウスと重ね合わせながら，トラキアの女たちによるオルペウスの惨殺をもって，劇場の見世物的興業がローマで支持される現況を憂慮する。詩人の言葉が効力を失うかも知れない将来に危機感を表明している。

多くの歳月を越えてプロペルティウスを再発見したペトラルカは，ホメロス叙事詩を読むことを生涯の念願としていた。ペトラルカがホメロスに対する憧れを秘めたプロペルティウスを読みながら，ホメロスに対する渇望を募らせたかどうかはわからないが，とにかく *RVF* 359 は，ホメロス叙事詩のパロディーである Prop. 4.7 を踏まえた作品である。ペトラルカは，そこに『イリアス』第23巻の影響を見抜くことはなかっただろうが，*RVF* 186 で歌ったように，ラウラを讃え永遠化するためには，叙事詩の崇高な文体が必要であることを明確に認識していた。*RVF* 359 は，Prop. 4.7 に込められた崇高さを，おそらくは一層純粋なものとして表現した歌である。

自己の恋愛を歌う文学が叙事詩的要素を必要とするというペトラルカ

の認識は，誠に正鵠を射ている。恋愛エレゲイア詩は叙事詩を自身の対極に置きながら，叙事詩的な設定，文体，表現を巧みに取り入れつつ，自己の心の問題を普遍化し，作品の気高さを確保したのだった。

あ と が き

　この論文集を刊行するにあたって、様々な方々のお世話になった。そのことをこの場を借りて一言申し述べておきたい。

　きっかけを作ってくださったのは、東京大学文学部教授の葛西康徳先生である。先生は、この 10 年ほどの私の研究活動を見守り、その成果を一冊の書物にまとめることを熱心に勧め、さらにありがたいことに、本書を出版社に推薦までしてくださった。すでにパウルス・ディアコヌス著『ランゴバルドの歴史』（2016 年）の拙訳でもお世話になった知泉書館である。ほんとうに、先生なしにはこの書物は生まれなかった。

　フィレンツェ大学に留学していた 1994-96 年の 2 年間は、私の人生にとって真にかけがえのない一時期となった。この時期に知り合い、爾来友人であり続けているマッテーオ・ヴェニエル Matteo Venier 氏（ウディネ大学）からは多くの教えを、また大きな影響を受けた。イタリア人の古典学研究者は、ギリシア・ローマの古典それ自体についての研究は勿論のこと、いかに古典がイタリア文学に受容されたかという問題に、真摯にまた実に楽しそうに取り組み、優れた成果を挙げている。目先の博士論文の完成しか考えていなかった偏狭な大学院生に、豊穣なる世界を垣間見せてくれたのは、留学時期に指導を受けたアントニオ・ラ・ペンナ Antonio La Penna 先生や同世代の研究者たちであり、とりわけヴェニエル氏である。せっかくイタリア留学を志しながら、ダンテやペトラルカのことを考える余裕すらなかった私だったが、かの地で遅まきながら恋愛を題材とする（分量はほんのわずかだが）イタリア語の作品に触れた。そしてこれをきっかけに、古代ローマの恋愛詩人に対する興味も萌した。私は、プロペルティウスからペトラルカに向かったのではない。ペトラルカからプロペルティウスに向かったのである。

　いざ、知泉書館にお世話になることが決まると、小山光夫社長から力強い励ましのお言葉をいただいた。松田真理子さんからは、章立てや構

成について、また本書を西洋古典学研究者のみならず一般読者にも資する
るものとするには、どのような工夫や配慮をすべきかについて多くのア
ドヴァイスをいただいた。葛西先生から叱咤激励を受けた私が重い腰を
上げた段階では、頭も尻尾もなかった素材の単なる鈍重な塊が、こうし
て書物としてまがりなりにも形を持ったとすれば、それは真に松田さん
のお蔭である。

　なお、本書は独立行政法人日本学術振興会平成 31 年度（2019 年度）
科学研究費助成事業（科学研究費補助金）（研究成果公開促進費）の交付を
受けた。

文 献 一 覧

Anderson 1985	W.S. Anderson, "The Orpheus of Virgil and Ovid: *flebile nescio quid*", in J. Warden (ed.), *Orpheus: The Metamorphoses of a Myth*, Toronto 1985, 25-50.
Anderson 2001	W.S. Anderson, *P. Ovidius Naso Metamorphoses*, München-Leipzig 2001 (1982²).
Austin 1977	R.G. Austin, *P. Vergili Maronis Aeneidos Liber Sextus*, Oxford 1977.
Baldo 1995	G. Baldo, *Dall'Eneide alle Metamorfosi. Il codice epico di Ovidio*, Padova 1995.
Barber 1960	E.A. Barber, *Sexti Properti Carmina*, Oxford 1960² (1953¹).
Barchiesi 2006	A. Barchiesi, "Voices and Narrative 'Instances' in the *Metamorphoses*", in P.E. Knox (ed.), *Oxford Readings in Ovid*, Oxford 2006, 274-319 (="Voci e istanze narrative nelle *Metamorfosi* di Ovidio", *Materiali e Discussioni* 23 [1989], in *Speaking Volumes*, London 2001, 49-78).
Berthet 1980	J.F. Berthet, "Properce et Homère", in AAVV, *L'élégie romaine. Enracinement, thèmes, diffusion*, Paris 1980.
Bömer 1980	F. Bömer, *P. Ovidius Naso Metamorphosen Buch X-XI*, Heidelberg 1980.
Bömer 1986	F. Bömer, *P. Ovidius Naso. Metamorphosen Buch XIV-XV*, Heidelberg 1986.
Brink 1982	C.O. Brink, *Horace on Poetry. Epistles Book II: The Letters to Augustus and Florus*, Cambridge 1982.
Brunner 1966	T.F. Brunner, "The Function of the Simile in Ovid's *Metamorphoses*", *Classical Journal* 61 (1966), 354-63.
Büdel 1975	O. Büdel, "*Parusia Redemtricis*: Lauras Traumbesuche in Petrarcas *Canzoniere*", in F. Schalk (ed.), *Petrarca. Beiträge zu Werk und Wirkung*, Frankfurt am Main 1975, 33-50.
Butler and Barber 1933	H.E. Butler and E.A. Barber, *The Elegies of Propertius*, Oxford 1933.
Butrica 1984	J.L. Butrica, *The Manuscript Tradition of Propertius*, Toronto-Buffalo-London 1984.

152   文 献 一 覧

Camps 1965	W.A. Camps, *Propertius Elegies Book IV*, Cambridge 1965.
Camps 1966	W.A. Camps, *Propertius Elegies Book III*, Cambridge 1966.
Caputo 2004	R. Caputo, "Petrarca e Properzio («che d'amor cantaro fervidamente»)", *Nel mio stil frale*, Roma 2004, 105-118 (=G. Catanzaro e F. Santucci (eds.), *A confronto con Properzio: (da Petrarca a Pound)*, Assisi 1998, 113-123).
Carducci e Ferrari 1899	G. Carducci e S. Ferrari, *Le Rime di Francesco Petrarca*, Firenze1899.
Coleman 1977	R. Coleman, *Vergil. Eclogues*, Cambridge 1977.
Coutelle 2015	É. Coutelle, Properce, *Élégies*, livre IV, Bruxelles 2015.
Coppini 1989	D. Coppini, "Gli umanisti e i classici: imitazione coatta e rifiuto dell'imitazione", *Annali della Scuola Normale Superiore di Pisa. Classe di Lettere e Filosofia,* Ser.3, 19 (1989), 269-285.
Currie 1973	M. L. Currie "Propertius IV. 8— A Reading", *Latomus* 32 (1973), 616-622.
Dimundo 1990	R. Dimundo, *"Properzio 4,7. Dalla variante di un modello letterario alla costante di una unità tematica"*, Bari 1990
Dimundo 2012	R. Dimundo "Properzio 4,7: Personaggi, intersezioni letterarie, moduli stilistici", *Rivista di Filologia e di Istruzione Classica* 140 (2012), 331-359.
Dolla 1987	V. Dolla, "Echi properziani nella cultura e nella poesia dei secoli XIII e XIV", in S. Pasquazi (ed.), *Properzio nella letteratura italiana*, Roma 1987, 21-40.
Ellsworth 1988a	J.D. Ellsworth, "The Episode of the Sibyl in Ovid's *Metamorphoses* (14.103-56)", in R.L. Hadlich and J.D. Ellsworth, *East Meets West, Homage to Edgar C. Knowlton, Jr.*, Honolulu 1988, 47-55.
Ellsworth 1988b	J. D. Ellsworth, "Ovid's 'Odyssey': *Met.* 13,623-14,608", *Mnemosyne* 41(1988), 333-340.
Evans 1971	S. Evans, "Odyssean Echoes in Propertius IV. 8", *Greece and Rome* 18 (1971), 51-53.
Fedeli 1965	P. Fedeli, *Properzio. Elegie. Libro IV*, Bari 1965.
Fedeli 1980	P. Fedeli, *Sesto Properzio. Il primo libro delle elegie*, Firenze 1980.
Fedeli 1984	P. Fedeli, *Sexti Properti Elegiarum Libri IV*, Stuttgart 1984[1] (1994[2]).
Fedeli 1985	P. Fedeli, *Properzio. Il Libro Terzo delle Elegie*, Bari 1985.
Fedeli 2005	P. Fedeli, *Properzio. Elegie Libro II*, Cambridge 2005.
Fedeli-Dimundo-Ciccarelli 2015	P. Fedeli, R. Dimundo e I. Ciccarelli, *Properzio. Elegie Libro IV*, Nordhausen 2015.

文 献 一 覧　　　153

Fiorilla 2012	M. Fiorilla, *I classici nel Canzoniere. Note di lettura e scrittura poetica in Petrarca*, Roma-Padova 2012.
Flach 2011	D. Flach, *Sextus Propertius. Elegien*, Darmstadt 2011.
Fraenkel 1957	E. Fraenkel, *Horace*, Oxford 1957.
Friedlaender 1922	L. Friedlaender, *Darstellungen aus der Sittengeschichte Roms* II, Leipzig 1922[10].
Giardina 2005	G. Giardina, *Properzio. Elegie*, Roma 2005.
Giardina 2010	G. Giardina, *Properzio. Elegie*, Pisa-Roma 2010.
Goold 1967	G.P. Goold, "Noctes Propertianae", *Harvard Studies in Classical Philology* 71 (1967), 59-106.
Goold 1990	G.P. Goold, *Propertius Elegies*, Harvard 1990.
Günther 2006	H.-C. Günther (ed.), *Brill's Companion to Propertius*, Leiden-Boston 2006.
Hanslik 1979	R. Hanslik, *Sex. Propertii Elegiarum Libri IV*, Leipzig 1979.
Harrison 2007	S.J. Harrison, *Generic Enrichment in Vergil & Horace*, Oxford 2007.
Haupt und Korn 1966	M. Haupt und O. Korn, *P. Ovidius Naso Metamorphosen* (unverändert Neuausgabe der Auflag von R. Ehwald, korrigiert und bibliographisch ergänzt von M. von Albrecht) Zweiter Band, Dublin-Zürich 1966.
Helmbold 1949	W.C. Helmbold, "Propertius IV. 7. Prolegomena to an Interpretation", *University of California Publications in Classical Philology* 13 (1949), 333-343.
Heyworth 2007a	S.J. Heyworth, *Sexti Properti Elegi*, Oxford 2007.
Heyworth 2007b	S.J. Heyworth, *Cynthia. A Companion to the Text of Propertius*, Oxford 2007.
Heyworth and Morwood 2011	S.J. Heyworth and J.H.W. Morwood, *A Commentary on Propertius, Book 3*, Oxford 2011.
Hopkinson 1988	N. Hopkinson, *A. Hellenistic Anthology*, Cambridge 1988.
Hutchinson 2006	G. Hutchinson, *Propertius Elegies Book IV*, Cambridge 2006.
逸身 2018	逸身喜一郎『ギリシャ・ラテン文学——韻律の系譜をたどる 15 章』研究社 2018.
Janan 2001	M. Janan, *The Politics of Desire. Propertius IV*, Berkeley, Los Angeles, London 2001.
Knox 1986	P.E. Knox, *Ovid's Metamorphoses and the Traditions of Augustan Poetry*, Cambridge 1986.
Komp 1988	M. Komp, *Absage an Cynthia. Das Liebesthema beim späten Properz*, Frankfurt am Main 1988.
久保 1978	久保正彰『OVIDIANA ギリシア・ローマ神話の周辺』青土社 1978.

154 文 献 一 覧

La Penna 1951   A. La Penna, "Note sul linguaggio erotico dell'elegia latina", *Maia* 4 (1951), 187-209.

La Penna 1977   A. La Penna, *L'integrazione difficile. Un profilo di Properzio*, Torino 1977.

La Penna 2012   A. La Penna, "L'edera devastatrice. Nota a Properzio IV 7,79-80", *Maia* 64 (2012), 419-423.

Lafaye 1904   G. Lafaye, *Les Métamorphoses d'Ovide et leurs modèles grecs*, Paris 1904.

Luck 1977   G. Luck, *P. Ovidius Naso Tristia*, Bd.II, Heidelberg 1977.

Luck 1996   G. Luck, *Propertii Tibulli Elegiae*, Zürich-Düsseldorf 1996.

Lyne 1980   R.O.A.M. Lyne, *The Latin Love Poets. From Catullus to Horace*, Oxford 1980.

Lyne 1998   R.O.A.M. Lyne, "Propertius and Tibullus: Eary exchanges", *Classical Quarterly* 48 (1998), 519-44. (=Id. Collected Papers on Latin Poetry, Oxford 2007, 251-282).

Maltby 2002   R. Maltby, *Tibullus: Elegies. Text, introduction and commentary*, Cambridge 2002.

Miller 1990   J.F. Miller, "Orpheus as Owl and Stag: Ovid *Met.* 11.24-27", *Phoenix* 44 (1990), 140-47.

Otis 1966   B. Otis, *Ovid as an Epic Poet*, Cambridge 1966[1] (1970[2]).

Murgatroyd 1980   P. Murgatroyd, *Tibullus I*, University of Natal Press 1980.

Myers 2009   K.S. Myers, *Ovid. Metamorphoses Book XIV*, Cambridge 2009.

Norden 1957   E. Norden, *P. Vergilius Maro Aeneis Buch VI*, Stuttgart 1957[4] (1916[2]).

中山 1995   中山恒夫『ローマ恋愛詩人の詩論』東海大学出版会 1995.

大芝 2011   大芝芳弘「Horatius, *Epod.* 11」『フィロロギカ』7 (2011) 1-22.

Papaioannou 2005   S. Papaioannou, *Epic succession and Dissension. Ovid Metamorphoses 13.623-14.582 and the Reinvention of the Aeneid*, Berlin-New York 2005.

Pasquini 1985   E. Pasquini, "La Canzone CCCLIX", *Lectura Petrarce* 5 (1985), 227-247.

Perrelli 2002   R. Perrelli, *Commento a Tibullo: Elegie, Libro I*, Soveria Mannelli 2002

Perutelli 1995   A. Perutelli, "Il mito di Orfeo tra Virgilio e Ovidio" in AAVV, *Atti del Convegno internazionale Intertestualità: il dialogo fra testi nelle letterature classiche. Cagliari, 24-26 novembre 1994* (*Lexis* 13), Amsterdam 1995, 199-212.

Pinotti 2004   P. Pinotti, *Primus Ingredior. Studi su Properzio*, Bologna 2004.

Pollard 1977   J. Pollard, *Birds in Greek Life and Myth*, Plymouth 1977.

文 献 一 覧　　　155

Postgate 1894	J.P. Postgate, *Sexti Properti Carmina*, London-Cambridge 1894.
Powell 1925	J.U. Powell, *Collectanea Alexandrina*, Oxford 1925.
Richardson 1964	J. Richardson, "The Function of Formal Imagery in Ovid's *Metamorphoses*", *Classical Journal* 59 (1964), 161-69.
Richardson 1976	L. Richardson, Jr, *Propertius. Elegies I-IV*, Norman 1976.
Rosati 2002	G. Rosati, "Narrative Techniques and Narrative Structures in the *Metamorphoses*", in B.W. Boyd, *Brill's Companion to Ovid*, Leiden-Boston-Köln 2002, 271-304.
Rossi 2015	Vittorio Rossi (ed.), A. Longpré (trad.) et U. Dotti (introd. et comm), *Pétrarque Lettres familières*, tome V, Paris 2015.
Rothstein 1966	M. Rothstein, *Propertius Sextus Elegien II*, Dublin/ Zürich 1966 (1898^1, 1924^2).
Sandbach 1962	F.H. Sandbach, "Some Problems in Propertius", *Classical Quarterly* 12 (1962), 263-276.
Santagata 1996	M. Santagata, *Francesco Petrarca Canzoniere*, Milano 1996.
Segal 1972	C.P. Segal, "Ovid's Orpheus and Augustan Ideology", *Transactions and Proceedings of the American Philological Association* 103 (1972), 473-94.
Shackleton Bailey 1956	D.R.Shackleton Bailey, *Propertiana*, Cambridge 1956.
Skutsch 1985	O. Skutsch, *The Annals of Quintus Ennius*, Oxford 1985.
Smith 1913	K.F. Smith, *The Elegies of Albius Tibullus*, New York, Cincinnati, Chicago 1913.
Solodow 1988	J.B. Solodow, *The World of Ovid's Metamorphoses*, Chapel Hill-London 1988.
Stroh 1971	W. Stroh, *Die römische Liebeselegie als werbende Dichtung*, Amsterdam 1971.
Syndikus 2010	H.P. Syndikus, *Die Elegien des Properz*, Darmstadt 2010.
Tarrant 2004	R.J. Tarrant, *P. Ovidi Nasonis Metamorphoses*, Oxford 2004.
高橋 1988	高橋宏幸「キュンティアの怒り──プロペルティウス第4巻第7歌，第8歌」『西洋古典論集』4（1988）29-58.
Thompson 1936	D'Arcy W. Thompson, *A Glossary of Greek Birds*, Oxford 1936.
Tissol 1997	G. Tissol, *The Face of Nature. Wit, Narrative, and Cosmic Origins in Ovid's Metamorphoses*, Princeton, New Jersey 1997.
Tonelli 1998	N. Tonelli, "Petrarca, Properzio e la struttura del Canzoniere", *Rinascimento* 38 (1998), 249-315.
Ullman 1911	B.L. Ullman, "The Manuscripts of Propertius", *Classical Philology* 6 (1911), 282-301.
Ullman 1923	B.L. Ullman, "Petrarch's Favorite Books", *Transactions of the American Philological Association* 54 (1923), 21-38 (=Ullman 1973, 111-131).

Ullman 1973	B.L. Ullman, *Studies in the Italian Renaissance*, Roma 1973[2] (1955[1]).
Venier 2015-16	M. Venier, "«E non tacerò il vero». Una confessione di Petrarca a Giacomo Colonna (*Epystola* I 6)", *Atti e Memorie dell'Accademia Galileiana di Scienze, Lettere ed Arti già dei Ricovrati e Patavina. Parte III: Memorie della Classe di Scienze Morali, Lettere ed Arti* 128 (2015-2016), 387-416.
Venier 2019	M. Venier, "Ricezione di classici latini e medio-latini in Petrarca. Un caso emblematico: l'*Epystola* I 6", in M. Fernandelli (ed.) *Ad modum recipientis. Ricezione e tradizione della letteratura latina*, Roma 2019 （刊行準備中）.
Viarre 2007	S. Viarre, *Properce. Élégies*, Paris 2007[2] (2005[1]).
Walin 2009	D. Walin "*Cynthia Serpens*: a Reading of Propertius 4.8", *Classical Journal* 105 (2009-2010), 137-51.
Warden 1980	J. Warden, *Fallax opus: Poet and Reader in the Elegies of Propertius*, Toronto 1980.
Warden 1996	J. Warden, "The Dead and the Quick: Structural Correspondences and Thematic Relationships in Propertius 4.7 and 4.8", *Phoenix* 50 (1996), 118-129.
Wendel 1958	C. Wendel (recensuit), *Scholia in Apollonium Rhodium Vetera*, Berlin 1958 (1935[1]).
West 1972	M.L. West, *Iambi et Elegi Graeci*, vol. II, Oxford 1972.
Williams 1978	G. Williams, *Change and Decline. Roman Literature in the Early Empire*, Berkley-Los Angeles- London 1978.
Wilkins 1951	E.H. Wilkins, *The Making of the Canzoniere and Other Petrarchan Studies*, Roma 1951.
Wimmel 1968	W. Wimmel, *Der frühe Tibull*, München 1968.
Wyke 2002	M. Wyke, *The Roman Mistress*, Oxford 2002.

　なお、本書において中心的に取り扱った作家作品について準拠したテクストを記せば、プロペルティウスについては、Fedeli 1984 である。また、オウィディウスについては、Anderson 2001 である。ペトラルカについては、Santagata 1996 である。ティブッルスについては以下の書に拠った。

　F.W. Lenz & G. C. Galinsky (eds.), *Albii Tibulli aliorumque carminium libri tres*, Leiden 1971.

固有名詞索引

ア　行

アイティオピア Aethiopia　49
アウグストゥス Augustus　111, 122
アウトノエ Autonoe　120
アエアエア Aeaea　61
アエサコス Aesacos　116
アエミリウス Aemilius　8, 57, 139
アエネアス Aeneas　20, 29, 30, 50,
　91–102, 105, 106, 108, 109, 112
アカイア Achaia　26
アガウエ Agaue　120
アカエメニデス Achaemenides　92
アキレウス Achilles　25–28, 30–32,
　40, 50
アクタエオン Actaeon　120, 121
アクティウム Actium　29
アスクラ Ascra　10
アッシュリア Assyria　19
アッピア（街道）Appia　60, 71
アテナイ Athenae　123
アドニス Adonis　119
アナクレオン Anacreon　63, 69
アニウス Anius　91
アニオ（川）Anio　37, 38
アプロディテ Aphrodite　98–100, 102
アペッレス Apelles　10
アポッロ Apollo　5, 6, 8–10, 13, 15,
　55, 57, 92, 95, 96, 101, 102, 109, 114,
　116, 131
アポッロニオス Apollonius　5, 114
アミュンタス Amyntas　64
アラトス Aratus　19
アラビア Arabia　84
アリストテレス Aristoteles　117, 122

アルカイオス Alcaeus　128
アルカディア Arcadia　64, 65
アルテミス Artemis　98
アルメニア Armenia　80
アルバ・ロンガ Alba Longa　8
アルプス Alpes　64
アンキセス Anchises　50, 92, 98–100,
　102, 105, 106, 108, 109, 145
アントニウス Antonius　11
アンティオペ Antiope　14
アンティマコス Antimachus　19, 24
アンドロメダ Andromeda　45, 49
アンピオン Amphio　78
イオ Io　120
イクシオン Ixion　80
イタリア Italia　36, 50, 91, 92, 95, 97,
　109, 127, 128, 131
イッリュリア Illyria　83
ウァルス Varus　6
ウェヌス Venus　32, 41, 56, 60, 62–
　64, 70, 78, 79, 84, 86, 87, 97, 98, 100
ウェルギリウス Vergilius　5, 8, 20, 28,
　29, 32, 44, 50, 64, 65, 70, 91, 92, 94,
　97, 108, 109, 111–15, 119, 124, 128,
　132, 143, 145, 146
ヴィスコンティ（家）Visconti　127
エーコ Echo　120
エウアンデル Euander　93, 94
エスクイリアエ（丘）Esquiliae　31,
　58, 59, 71
エリュシウム Elysium　31, 39, 46, 48,
　50, 57, 106–08, 114, 134, 138
エンケラドス Enceladus　20, 54
エンニウス Ennius　5, 7, 8, 54, 131,
　132
オウィディウス Ovidius　3, 4, 16, 17,

91, 92, 94, 96, 97, 99–102, 104–06,
109, 111, –13, 115–21, 123, 124,
128, 145, 146, 154
オデュッセウス Odysseus　　30, 66, 69,
70, 97, 112, 144
オリュンポス Olympus　　11, 20
オルペウス Orpheus　　111–21, 124,
125, 128, 146

カ 行

カエサル・オクタウィアヌス Caesar
Octavianus（＝アウグストゥス）
21
カオニア Chaonia　　79
カスタリア Castalia　　8
カッサンドラ Cassandra　　101, 102
カッリオペ（カッリオペア）Calliope
(Calliopea)　　9, 111
カッリマコス Callimachus　　4–6, 8,
11, 13–15, 19, 20, 22, 24, 29, 32, 33,
38, 54, 55, 131, 143
ガッルス（コルネリウス・）Cornelius
Gallus　　3, 29, 64, 65
カドムス（カドモス）Cadmus　　23,
120
カトゥッルス Catullus　　3, 17, 18, 128
カメナ Camena　　40
カラミス Calamis　　10
カルタゴ Carthago　　91, 97
カンナエ Cannae　　8
キケロ Cicero　　18, 121–24
キニュラス Cinyras　　112
キュタイア Cytaea　　82
キュンティア Cynthia　　9, 12, 14, 17,
21, 25, 26, 30–32, 35–39, 41–51, 53,
56–58, 60–62, 64–66, 68–72, 76,
82, 83, 131–39, 142–45, 153
ギリシア Graecia　　3, 4, 10, 11, 14, 18,
19, 21, 27, 29, 32, 36, 63, 143, 151
キンブリ Cimbri　　21
クセルクセス Xerxes　　21

クピド Cupido　　16, 87, 128
クマエ Cumae　　50, 92, 93, 101
グラウクス Glaucus　　92
クリイの兄弟 Curii fratres　　7
クリュタエメストラ Clytaemestra　　48
クロリス Chloris　　46, 47
コース島 Cous　　11
コリンナ Corinna　　17
コルネリア Cornelia　　57, 139, 140
コルキス Colchis　　82

サ 行

サルターティ（コルッチョ・）Coluccio
Salutati　　127
シキリア Sicilia　　50
シビュッラ Sibylla　　91, 92, 94–96,
99–106, 108, 109
シモイス（川）Simois　　28
スキピオ（・アフリカヌス）Scipio
Africanus　　132, 139
スキュッラ Scylla　　48, 115
スタティウス Statius　　128
ゼウス Zeus　　27, 79, 100, 102
セネカ Seneca　　141
セメレ Semele　　49, 133
ソクラテス Socrates　　24
ソスピタ Sospita　　59

タ 行

ダプネ Daphne　　116
タルタルス Tartarus　　50
ダンテ（アリギエーリ）Dante Alighieri
17, 18, 136, 141
テイア Teia　　21, 25, 62, 63
ディード Dido　　112
ディオニュシオス Dionysius　　117
ティタン Titan　　21
ティテュルス Tityrus　　6, 8
ティトノス Tithonus　　101–05
ティブッルス Tibullus　　3, 14, 15, 18,

73-76, 79, 81, 85-87, 89, 90, 128, 145, 155
ティブル Tibur　17, 38, 45, 61
ディルケ Dirce　14
テーバイ Thebae　11, 21, 23, 24, 29, 78, 123
テティス Thetis　26
デメテル Demeter　19
デモドコス Demodocus　112
テュロ Tyro　48
テルキネス Telchines　6
テレウス Tereus　120
デロス島 Delus　91, 97
デリア Delia　17, 75, 76, 90
トゥッルス Tullus　3, 17, 18, 76, 84, 85, 128
ドドナ Dodona　79
トラキア Thracia　113, 114, 116-18, 120, 121, 124, 146
ドリス Doris　26
トロイア Troia　11, 21, 27, 29, 70, 91, 95, 99, 102, 112, 122

ナ　行

ナイル（川）Nilus　63
ナウシカア Nausicaa　97, 98
ナルキッソス Narcissus　120
ナンノ Nanno　24
ネストル Nestor　111
ネメシス Nemesis　17
ノマス Nomas　46

ハ　行

バイアエ Baiae　83
パヴィーア Pavia　127
パウッルス（ルキウス・アエミリウス・〜）Lucius Aemilius Paullus　139, 140
ハエモニア Haemonia　10, 27
パクトルス Pactolus　83
パシパエ Pasiphae　48

バックス Bacchus　54, 113, 118, 120, 124, 131
パッラシオス Parrhasius　10
パトロクロス Patroclus　26-28, 30, 31, 40, 49, 50, 144
バビュロニア Babylonia　55
パラティウム Palatium　11
パルテニエ Parthenie　47
ハンニバル Hannibal　8
ヒッポクレネ（泉）Hippocrene　131
ピュッリス Phyllis　62, 63, 64
ヒュペルメストラ Hypermestra　45, 49
ヒュラス Hylas　14
ピリタス Philitas　11, 19, 24
ピロメラ Philomera　120
ピンダロス Pindarus　107, 128
ファビウス Fabius　8
プティエ（プティア）Phthie (Phthia)　28
プラエネステ Praeneste　61
プラクシテレス Praxiteles　10
プラトン Plato　107
フランス France　18, 127
プリアプス Priapus　74
ブリセイス Briseis　25-28, 30
プリュギア Phrygia　20, 54
プレグラ Phlegra　20, 54
プロペルティウス Propertius　3, 6, 8-15, 17-33, 35-51, 53-56, 58, 62, 64-66, 68, 70-73, 76, 77, 80, 82-86, 88-90, 127-29, 131-38, 140-46, 153, 154
プロテシラオス Protesilaus　43
ベアトリーチェ Beatrice　18
ペイディアス Phidias　10
ヘクトル Hector　26, 27
ベッレロポンの馬（＝ペガソス）　7
ペタレ Petale　46
ペトラルカ（フランチェスコ・）Francesco Petrarca　3, 17, 18, 127, 128, 131-33, 135-42, 146, 154

ペネロペ Penelope　　25, 32, 66, 68, 144

ヘラクレス（ヘルクレス）Heracles
　37, 93

ヘリコン Helicon　　4, 7–9

ペルガマ Pergama　　21

ペルシウム Pelusium　　11

ペルセポネ Persephone　　37

ペルメッソス Permessus　　10

ヘルメシアナクス Hemesianax　　24, 25

ヘレネ Helene　　21

ペンテウス Pentheus　　120, 121

ポエブス Phoebus（→アポッロ）　　8, 29, 101, 104, 105

ポセイドン Poseidon　　49

ボッカッチョ（ジョヴァンニ・）
　Giovanni Boccaccio　　18, 140

ホメロス Homerus　　1, 4, 5, 14, 18, 19, 21–25, 28–30, 32, 33, 40, 49, 77, 89, 98, 132, 133, 145, 146

ホラティイ Horatii　　8

ホラティウス Horatius　　119, 122–24, 128, 141

ポリュペムス Polyphemus

ホルテンシウス Hortensius　　19

ポロエ Pholoe　　74, 83–86, 89

ホロス Horos　　13, 50, 55

ポンペイウス Pompeius　　68, 121

ポンティクス Ponticus　　22, 23, 29, 32, 77, 90

マ　行

マエオニア Maeonia　　4

マエケナス Maecenas　　10–12, 58

マカレウス Macareus　　92

マグヌス Magnus　　63

マラトゥス Maratus　　74, 77, 83, 86, 87, 89

マニリウス Manilius　　124

マリウス Marius（紀元前107年の執政官）　21

マリウス Marius（キケロの友人）
　121, 122

マルパギーニ（ジョヴァンニ・〜・ディ・ラヴェンナ）Giovanni Malpaghini di Ravenna　　140

ミニュアスの娘たち Minyeides　　111

ミムネルモス Mimnermus　　23–25, 89

ミュシア Mysia　　14

ミュス Mys　　10

ミュッラ Myrrha　　48, 112

メッサッラ Messala　　15, 75, 76

メッサリヌス Messalinus　　15

メデア Medea　　48, 82

メテュムナ Mehymna　　63

メルクリウス Mercurius　　111

ムーサ Musa　　6, 15–17, 40, 41, 123

ヤ・ラ　行

ユッピテル Iuppiter　　8, 20, 54, 57

ユノー Iuno　　59, 60, 120

ユウェナリス Iuvenalis　　128

ライン（川）Rhenus　　64

ラウィニウム Lavinium　　29, 59

ラウラ Laura　　18, 131–40, 142, 146

ラオダミア Laodamia　　43

ラティウム Latium　　11, 91, 95

ラトリス Latris　　47

ラヌウィウム Lanuvium　　31, 57–59, 61, 63–65, 69, –71

ララゲ Lalage　　46

ラレス Lares　　8

リュグダムス Lygdamus　　45, 46, 63, 66, 68

リュコリス Lycoris　　64, 65

リュシッポス Lysippus　　10

リュデ Lyde　　24

リュンケウス Lynceus　　24

ルカヌス Lucanus　　128

レスビア Lesbia　　17

レテ（川）Lete　　107

レムス Remus　　11

固有名詞索引

ローマ Roma　　1, 3–5, 8, 10, 11, 13,
　15, 19, 21, 29, 30, 32, 33, 35, 38, 50,
　51, 53–55, 57, 59, 70, 92, 111, 112,
　119, 121, 123, 124, 128, 131, 139,

　　142–44, 146, 151, 152
ロドス Rhodos　　5
ロムルス Romulus　　11

事 項 索 引

『アイティア』（縁起譚）　6, 8, 13, 55
『アイティオピス』　28
愛の隷属（servitium amoris）　41, 68
愛の盟約（foedus amoris）　42, 68
『アエネイス』　20, 29, 30, 32, 33, 50, 55, 70, 91–93, 95–98, 105, 106, 108, 109, 111, 112, 115, 143, 145, 146
『アッテイクス宛書簡集』　18
『アフリカ Africa』（叙事詩）　18, 132
「アリスタエウス物語」　146
『アルキアス弁護』　18
『アルゴナウティカ』　5, 114
イアンボス詩　65
『イリアス』　18, 21, 25, –30, 32, 33, 40, 49, 143–46
裏『アエネイス』　92
エレゲイア詩（→恋愛エレゲイア詩）　1, 3, 8, 11, 12, 14–17, 24, 33, 62, 69, 75, 131, 143, 145, 146
円形劇場　115, 117–19, 124
『オデュッセイア』　22, 31, 32, 66, 68–70, 97, 98, 112, 143–45
カッリマコス主義　4, 14, 20, 22, 29, 32, 33, 54, 131, 143
『カンツォニエーレ』　18, 129
「ジャンルの交流・分離理論」　65
小アエネイス　91, 92

叙事詩　1, 3–6, 8–12, 14–25, 28–30, 32, 33, 54, 55, 77, 78, 91, 93, 97, 98, 109, 111, 112, 131, 132, 142–47
じらしの話法　82, 86
聴衆　114, 119
蔦（洗練された詩の象徴として）　36–39, 51, 54, 131, 137
トロイア戦争　21, 112
『年代記』　8
『農耕詩』　113, 114
パラクラウシチュロン　57
ヘレニズム　4, 5
ポエニ戦争　21, 132
『変身物語』　17, 91, 92, 96, 97, 99, 103, 104, 108, 111–15, 121–24
『名婦の書簡』　112, 123
レクサティオ（叙事詩辞退）recusatio　5–15, 19–25, 54, 55, 131, 132
恋愛詩, 恋愛エレゲイア詩（エレゲイア詩も参照）　3, 8, 9, 11, 12, 14, 15, 17–19, 22–25, 29, 30, 32, 33, 44, 47, 50, 51, 57, 62, 64–66, 68–73, 76, 77, 88–90, 124, 127, 128, 131, 132, 136–38, 142, 144–46, 152
恋愛の師 magister (praeceptor) amoris　77, 145

引用箇所索引
(アルファベット順)

Aelianus アイリアノス

De Natura Animalium 『動物奇談集』

11.16　　59

Aeschylus アイスキュロス

Agamemnon 『アガメムノン』

1202–1212　　102

Anacreon アナクレオン

fr. 396.1　　64

Anthologia Palatina (*AP*) 『パラティン詩華集』

7.21　　36

7.22　　36

7.23　　36

7.30　　36

7.36　　36

7.708　　36

7.714　　36

Apollonios アポッロニオス

Argonautica 『アルゴナウティカ』

4. 891–919　　114

Aristoteles アリストテレス

Historia Animalium 『動物誌』

9.1.14–15 [=609 a 13–16]　　117

Callimachus カッリマコス

Aetia fr. Pf. 『アイティア』断片

1.2–3　　6

1.9–12　　24

1.20　　20

1.21–24　　6

1.25–28　　20

Epigrammata Pf. 『エピグラム』

27.3–4 (=AP 9.507.3–4)　　19

28.1 (=AP 12.43.1)　　19

Eppigrammatum Fragmenta Pf. 『エピグラム』断片

398　　19

Hymnus in Apollonem

108–112　　19

Catullus カトゥッルス

36.7　　37

95.1–3　　19

Cicero キケロ

Epistulae ad Familiares 『親近者宛書簡集』

7.1.2　　121

7.1.3　　121

Cinna キンナ

fr. 11 Courtney　　19

Dionysius ディオニュシオス

De Avibus 『鳥について』

3.17　　117

Heraclitus ヘラクレイトス

B 92DK　　108

Hermesianax ヘルメシアナクス

7.29–30　　25

7.37–35　　24

7.41–42　　25

Homerus ホメロス

Ilias 『イリアス』

1.348–349　　25

1.362　　26

19　　27, 28

19.282–285　　28

19.295–300　　28

23　　31, 40

23.66–67　　40

23.68　　40

23.69　　40

23.83–84　　40

23.91–92　　40, 49, 50

23.99–100　　40

23.103–104　　40

23.194–198 40
23.218–221 40

Odysseia『オデュッセイア』
6.149–185 97
11 70
11.315–316 22
22 31, 66, 68
22.17–22 66
22.361–363 66
22.452–453 68
22.481–482 68
22.493–494 68

Horatius ホラティウス

Ars Poetica『詩論』
269–270 19

Carmina『カルミナ』
1.16.1–4 37
1.17.18 64
4.2.27–32 141

Epistula『書簡詩』
2.1.182–188 122
2.1.210–213 123

Epodi『エポディ』
14.10 64

***Hymni Homerici*『ホメロス讃歌』**

ad Venerem (5)
92–106 98, 99
107–109 100
218–238 102
223–224 102
231–232 103
233 104
237 103

Martialis マルティアリス

Epigrammata『エピグランマタ』
1.5 37
3.100 37
5.53.2 37

Ovidius オウィディウス

Amores『恋の歌』
1.1 16
1.1.1–4 16

1.1.16–20 16
1.1.21–24 17
1.1.26 17
1.1.27–30 17
3.1.57–58 37

Ars amatoria『恋愛術』
1.88–176 123
3.330 64
3.340 37
3.395–396 123

Metamorphoses『変身物語』
1.492–496 116
1.504–507 115
2.760–782 104
3.111–114 123
3.483–485 115
4.331–333 115
4.362–367 115
5.626–629 115
6.455–457 115
6.527–530 115
7.106–108 115
8.282–283 115
8.835–839 115
9.498–499 115
9.659–665 115
10.106 123
10. 148–739 111
11.1–53 113, 114
11.20–28 115
11.22 119
11.24–27 115, 118, 124
11.25 119
11.26 119
11.61–66 114
11.73–77 118
11.508–511 115
11.592–632 104
11.614–615 115
11.771–773 116
12.48–52 115
12.102–104 123

引用箇所索引　　165

12.478−480　115
13　112
13.623−14.580　91
13.644−674　92
13.685−701　92
13.789−809　115
14.78−81　91
14　112
14.101−157　92
14.116−119　105, 106
14.118　106
14.120−153　92
14.120−121　106
14.120−122　93
14.121　94
14.123−128　94, 95, 98, 99
14.123　96, 97
14 128　96, 97
14.129−131　99, 100
14.131　102, 105
14.132−142　101
14.143−153　103, 104
14.145−147　108
14.148　108, 109
14.669−671　115
Tristia『悲しみの歌』
1.6.1−3　25
2.507−510　124
4.10.21−26　4
5.7.25−28　123
Plato プラトン
Phaedrus『パイドロス』
248E　108
Petrarca ペトラルカ
Res Familiares『親近書簡集』
23.19　140, 141
23.19.11−13　140, 141
24.12　18
RVF (= *Canzoniere*)『カンツォニエーレ』
3.4　135
11.9　135

31　133, 134
31−34　133
35　129−131
59.11　136
184　133
186　131, 132, 146
186.4　132
213.3　136
267　134
270.57　136
282−286　139
334　134
341−343　134
359　134−142, 146
359.1　136
359.3　135
359.7−8　137
359.8　136
359.14−15　136
359.14−17　139
359.16　136
359.21−22　136
359.22　136
359.36−37　135
359.38　139
359.41　136, 137
359.43−44　137
359.54−55　138
359.56−63　136
359.60−63　140
359.60−66　138
359.61　137
359.68　136
366　134
Triumphus Cupidinis『クピードの勝利』
4.22−24　128
Plutarchus プルタルコス
de Pythiae oraculis『デルポイの神託について』
397　108
Properrtius プロペルティウス
1.1.1　66, 76, 135

1.1.19−24　　82
1.1.37−38　　88
1.2　　83
1.2.10　　36
1.3.16　　69
1.3.35−46　　35
1.6　　76
1.6.1　　80
1.7　　22, 77
1.7.1−10　　22, 23
1.7.11−14　　89, 90
1.7.15−26　　23
1.7.25−26　　88
1.8　　83
1.8.32　　44
1.9　　22, 23, 76, 88, 90
1.9.5−8　　79
1.9.9　　88
1.9.9−10　　78
1.9.11　　89
1.9.11−12　　23
1.9.19−22　　80
1.9.26　　77
1.9.33−34　　80
1.11　　83
1.14　　83
1.14.9−13　　83, 84
1.14.15−20　　84
1.14.22　　84, 85
1.14.24　　44
1.15　　83
1.16.39−40　　42
1.18　　129−131
1.18.1−4　　130
1.18.28　　130
1.18.27−30　　130
1.19.1　　80
1.19.7−10　　43
1.19.24−25　　86
1.20　　14
2.1　　9, 20−22
2.1.1−4　　9, 143

2.1.13−14　　21
2.1.19−20　　20, 22
2.1.19−36　　20, 21
2.1.21　　20, 21
2.1.22　　21
2.1.23　　21
2.1.24　　21
2.1.25−36　　21
2.1.39−42　　20, 29, 54
2.1.49−50　　21
2.1.53　　22
2.2.5　　135
2.3.9−14　　135
2.5.26　　36
2.7　　76
2.8　　26, 30
2.8.29−40　　26, 27
2.9　　30
2.9.9−14　　27, 28
2.9.26−27　　133
2.9.49　　44
2.10　　9
2.10.1−5　　9, 10
2.10.5−6　　10
2.10.13−18　　10
2.10.25−26　　10
2.11.5−6　　38
2.13.21　　135
2.13.43−44　　135
2.13.25−26　　37
2.13.27−30　　43
2.15.8　　35
2.16.28　　44
2.17.15−16　　42
2.20.1　　25
2.20.15−16　　48
2.24.51−52　　44
2.27.15−16　　43
2.28　　133
2.28.25−30　　133
2.28.27−30　　49
2.28.30　　25

引用箇所索引　　　　167

2.29.31−38　　35	4.1(A).61−62　　131
2.30.39　　36	4.1(A).62　　36
2.32.1−2　　66	4.1(A).69−70　　55
2.32.3−6　　61	4.1(B).71−150　　13, 55
2.32.6　　71	4.1(B).71−72　　55
2.34.25−30　　24	4.1(B).71−76　　13
2.34.31−32　　24	4.1(B).135　　62
2.34.45　　24	4.1(B).135−146　　50, 51, 56
2.34.61−66　　29	4.1(B).137　　70
3.3　　6 ss., 131	4.2　　57
3.3.1−24　　6−7	4.3　　57
3.3.2　　12	4.4　　57
3.3.22−24　　10	4.4.3　　36
3.3.35　　36	4.4.90　　44
3.6　　45, 46	4.5　　57
3.6.15−18　　45	4.5.73−74　　61
3.6.19−34　　35, 45, 46	4.6　　57
3.8.1−10　　66, 67	4.6.3　　36
3.9　　10−12	4.7　　30, 31, 33, 35−51, 57, 71,
3.9.3−4　　10	134−142
3.9.21　　10	4.7.1−2　　40
3.9.21−34　　11	4.7.1−12　　35
3.9.35−36　　11	4.7.3　　40, 135
3.9.43−46　　11	4.7.3−4　　38
3.9.47　　11	4.7.4　　38
3.9.57−60　　12	4.7.5−6　　41, 138
3.10.1−4　　40	4.7.6　　44
3.10.17−18　　41	4.7.7−8　　40
3.10.18　　43	4.7.9　　45
3.14.21−22　　42	4.7.10　　49
3.15　　14	4.7.13−94　　35
3.16.23−24　　44	4.7.11−12　　40, 135
3.19.11−12　　48	4.7.14　　40
3.19.19−20　　48	4.7.16−18　　42
3.20.20　　69	4.7.19−20　　42
3.24−25　　30, 71, 134	4.7.21　　137
3.24.3−4　　37	4.7.21−22　　42
4.1　　30, 50	4.7.23−24　　43
4.1(A).1−57　　53, 54	4.7.23−34　　36, 43
4.1(A).1−70　　13	4.7.24　　43
4.1(A).57−70　　53, 54	4.7.27−28　　44
4.1(A).58−59　　54	4.7.29−30　　44

4.7.31−32　　40, 44	4.8.27−28　　62
4.7.33−34　　40, 44	4.8.27−48　　62−65
4.7.35　　46	4.8.33−34　　62
4.7.35−38　　46	4.8.34　　32
4.7.37−38　　46	4.8.35−48　　62, 63
4.7.39−40　　46	4.8.44　　66
4.7.41−46　　47	4.8.52　　66
4.7.43−44　　38	4.8.53　　66
4.7.47−48　　45, 47	4.8.49−88　　65−69
4.7.49　　48	4.8.56　　66
4.7.49−50　　38, 39	4.8.63　　66
4.7.50　　41, 44, 137	4.8.63−66　　66
4.7.51−54　　39, 48	4.8.64−65　　66
4.7.51−70　　39	4.8.66　　66
4.7.53−54　　38	4.8.68　　135
4.7.55　　39	4.8.68−69　　66
4.7.55−70　　48, 50	4.8.71−72　　67
4.7.57−58　　48, 49	4.8.73−80　　68
4.7.59−70　　49	4.8.81−82　　68
4.7.63　　49	4.8.87−88　　68
4.7.70　　39, 138	4.8.88　　70, 71
4.7.71−72　　46	4.9　　57
4.7.73−76　　47	4.10　　57
4.7.77−78　　37, 47, 137	4.11　　57
4.7.79　　36 ss., 137	4.11.1−6　　139
4.7.79−80　　36	4.11.81−82　　140
4.7.81−84　　37, 38	**Seneca セネカ**
4.7.85−86　　37	*Ad Lucilium Epistulae Morales*『道徳書簡』
4.7.89−92　　50	
4.7.93−94　　138	84.3−10　　141
4.7.94　　31, 40, 49	**Servius セルウィウス**
4.7.95−96　　35, 50, 72	ad *Aen.* 2.247　　102
4.7.96　　40	**[Theocritus]**［テオクリトス］
4.8　　30−33, 51, 53−72, 135	8. 57−59　　115
4.8.1　　71	**Tibullus ティブッルス**
4.8.1−2　　58, 69	1.1　　75, 76
4.8.3−14　　58, 59, 69	1.1.43−48　　75
4.8.5　　70	1.1.46　　75
4.8.15−16　　60	1.1.55−58　　75, 90
4.8.15 ss.　　69	1.2.15−16　　87
4.8.17−18　　71	1.4　　74
4.8.17−26　　60, 61	1.7　　15, 76

引用箇所索引 169

1.8　　73–90
1.8.1–6　　78
1.8.7–8　　79
1.8.9–10　　78
1.8.15　　73
1.8.17–22　　81, 82
1.8.17–26　　81, 82, 86
1.8.23　　73
1.8.25–26　　81
1.8.27 ss　　83
1.8.28　　87
1.8.27–30　　86
1.8.31–34　　83
1.8.35–38　　84, 86
1.8.36　　81
1.8.39–40　　85
1.8.41–48　　85
1.8.43–46　　86
1.8.47　　86
1.8.49　　74
1.8.49–50　　86
1.8.55–62　　86, 87
1.8.67–68　　87
1.8.69　　74
1.8.77–78　　88
1.9.49–50　　37
1.9.80　　44
2.2　　15
2.3.59　　44
2.4.13–20　　14, 15
2.4.31–32　　61
2.5　　15

Vergilius ウェルギリウス
Aeneis『アエネイス』
1.327–334　　96–97
1.328　　97
1.334　　97
2.247　　108

2.304–310　　115
3.80–83　　91
4.465–473　　115
5.733–735　　50
5.738–739　　50
5.740–742　　50
6.65–74　　95
6.109　　70
6.126　　70
6.128–129　　92
6.237　　70
6.309–312　　115
6.321　　108
6.573　　70
6.724–751　　106
6.743–751　　107
6.744–747　　107
6.745　　107
6.748　　108
6.897–899　　92
8.307–309　　93
8.309　　94
12.521–525　　115
Bucolica『牧歌』
3.80–83　　115
4.3　　44
4.22　　119
6.3–9　　5, 6
6.9　　8
10.35–41　　64
10.46–48　　64
10.48–49　　64
10.63　　44
10.69　　65
10.77　　70
Georgica『農耕詩』
4.520–527　　113

Adorando Omero.

Uno studio sugli elegiaci romani e il loro concetto di epos

Taro Hyuga

CHISENSHOKAN, Tokyo

2019

Sommario

Prefazione	v
Introduzione	3
Per cominciare	3
1. Omero, maestro dei poeti greco-romani	4
2. *Recusatio* di Virgilio	5
3. *Recusatio* di Properzio	6
4. *Recusatio* di Tibullo	14
5. Il concetto di epos che Ovidio ha	16
6. Petrarca	17
1. Propezio ed Omero	19
Per cominciare	19
1. Le elegie al poeta epico Pontico (1.7, 1.9)	22
2. L'amore nella poesia omerica	25
3. L'adattamento della poesia omerica (4.7, 4.8)	28
Per concludere	32
2. Il fantasma di Cinzia: Properzio 4.7	35
Per cominciare	35
1. *pelle* o *pone* (4.7.79)	36
2. Tradimento di Properzio	39
3. La rovina del regno	44
4. Cinzia di animo nobile	47
Per concludere	51
3. Cinzia ritorna: Properzio 4.8	53
Per cominciare	53
1. Gita di Cinzia a Lanuvio (4.8.1-26)	58
2. Una festa deludente (4.8.27-48)	62
3. L'irruzione e la dominazione di Cinzia (4.8.49-88)	65
Per concludere	69
4. Tibullo e Properzio: l'allusione a Properzio in Tibullo 1.8	73
1. La tecnica narrativa di Tibullo	73
2. Il primo libro di Tibullo e il primo libro di Properzio	76

2.1 Osservazione cronologica su Tib.1 e Prop.1	76
2.2 Tib. 1.8 e Prop. 1.9	77
3. Tib.1.8 e Prop.1: echi intertestuali	80
3.1 Riferimento alla magia	80
3.2 Il piacere amoroso è superiore alla ricchezza	83
3.3 Venere, dea tutelare	84
3.4 Chi vuol esser, lieto sia	85
3.5 Il lamento di Marato	86
Per concludere	88
5. Sibilla ed Enea: Ovidio *Met.* 14.120-153	91
Per cominciare	91
1. Osservazione generale sul contesto	93
2. Il dialogo fra Enea e Sibilla	94
3. Il lamento di Sibilla	100
4. Che cosa significa 'il millennio'?	105
Per concludere	109
6. La civetta e il cervo: Ovidio *Met.* 11.24-27	111
Per cominciare	111
1. Virgilio e Ovidio	112
2. La similitudine della civetta e del cervo	114
3. Orfeo e Ovidio	120
4. Gli autori Romani e il teatro	121
Per concludere	124
7. Properzio e Petrarca: cercando i contatti fra i due poeti	127
Per cominciare	127
1. Cinzia e Laura come fonte di ispirazione poetica	131
2. L'amata appare in sogno: Prop. 4.7 e *Rvf* 359	134
3. L'arte petrarchesca dell'imitazione	140
Per concludere	142
Conclusione generale	143
Postilla	149
Bibliografia	151
Index nominum	157
Index rerum	162
Index locorum	163
Sommario e Riassunto in italiano	171

Riassunto

Il libro, che ha per titolo *Adorando Omero. Uno studio sugli elegiaci romani e il loro concetto di epos*, è incentrato sui poeti Properzio, Tibullo e Ovidio. Essi composero elegie d'amore, genere letterario fiorente nella Roma della tarda Repubblica e del primo Principato. Di questi poeti si esamina quale fosse la coscienza che nutrivano dell'*epos*, con attenzione speciale a Properzio, la cui opera è raffrontata a quella di Tibullo e di Ovidio. Un capitolo è dedicato anche al *Canzoniere* di Francesco Petrarca, il quale pare sia stato non poco influenzato dalla poesia properziana – si tratta di un tentativo modesto d'illuminare la ricezione dell'elegia romana nell'Europa del primo Rinascimento.

Properzio dichiara spesso il suo rifiuto di comporre poesia epica: rifiuto conseguente al proposito di rimanere libero da strumentalizzazioni politiche, ma conseguente anche al callimachismo che domina la cultura letteraria ellenistica. I poeti romani sono diversamente influenzati dal callimachismo. Non mancano coloro che si cimentano con l'epica: così Virgilio compone l'*Eneide* e Ovidio le *Metamorfosi*. Collocandosi fra Virgilio e Ovidio, Properzio, che pure si considera il Callimaco romano, adora Omero e aspira a riproporne il mondo mitico. Ciò è manifesto soprattutto nel tentativo di eternizzare l'amante Cinzia per mezzo di confronti continui con personaggi e con situazioni del mito, assunti quale motivo centrale della sua opera. Nel primo capitolo è delineato sia l'atteggiamento di Properzio verso Omero, sia l'uso da lui fatto della poesia omerica. Nel secondo capitolo si esamina concretamente l'elegia 4.7 e nel terzo capitolo l'elegia 4.8.

Sia nell'elegia 1.7 che nella 1.9 Properzio dissuade l'amico Pontico dal comporre un *epos*, sostenendo con vanto che quanto serve all'amore non è l'*epos*, ma l'elegia. Tibullo, un elegiaco come Properzio, pare comprendere che quel vanto riflette in realtà uno stato d'animo complicato. Nel quarto capitolo, tramite l'analisi dell'elegia 1.8 di Tibullo si argomenta che l'autore ritrae parodiando se stesso e Properzio, per dimostrare che nemmeno l'elegia è utile all'amore.

In maniera diversa Ovidio è relativamente libero dal dilemma dei generi letterari, il quale invece caratterizza la poetica properziana. Di fatto Ovidio crea un mondo epico nuovo e straordinario sulla base di uno studio completo sia dell'*epos* omerico che dell'*Eneide*: attua cioè un'imitazione creativa dell'*epos* omerico. A conferma di ciò, il quinto capitolo esamina l'episodio della Sibilla ed Enea narrato nel quattordicesimo libro delle *Metamorfosi*. Il sesto capitolo, invece, confrontando la morte di Orfeo narrata nell'undicesimo libro delle *Metamorfosi* con quella narrata nel quarto libro delle *Georgiche* virgiliane, dimostra che Ovidio intende esprimere il cupo presentimento dell'oblio che lo attende, cioè della morte dei poeti nella società romana.

Il settimo capitolo, ponendo a confronto la Laura petrarchesca con la Cinzia properziana, dimostra che in *Rvf* CCCLIX Petrarca modella l'elegia 4.7 e la 4.11 di Properzio.

Per concludere il libro indica come gli elegiaci romani siano riusciti ad adattare l'espressione, lo stile e l'impostazione dell'*epos* che intendono evitare. Il loro tentativo è anche paragonabile a quello di Petrarca, il quale è consapevole della necessità di arricchire la sua poesia d'amore con la sublimità dell'epica.

日向　太郎（ひゅうが・たろう）

1965 年，神奈川県に生まれる。1989 年東京大学文学部卒業。1994-96 年フィレンツェ大学にて研究（1994-95 年イタリア政府給費留学生）。1999 年東京大学大学院人文社会系研究科欧米系文化研究専攻修了，博士（文学）取得。東京大学教養学部准教授を経て，現在，同教授。専門は西洋古典学

〔主要著作〕『ウェルギリウス『アエネーイス』における造形芸術作品描写』（博士論文，東京大学，1999 年），『イタリア語検定 2 級突破』（三修社，2003 年），サルヴァトーレ・セッティス『ラオコーン―名声と様式』（芳賀京子と共訳，三元社，2006 年），「梟と鹿―オウィディウス『変身物語』第 11 巻 24-27 行の直喩について」（大芝芳弘・小池登編『西洋古典学の明日へ―逸身喜一郎教授退職記念論文集』知泉書館，2010 年，所収），「ウェルギリウス『アエネイス』」,「オウィディウス『変身物語』」（宮下志朗・井口篤編『ヨーロッパ文学の読み方―古典篇』放送大学教育振興会，2014 年，所収），パウルス・ディアコヌス『ランゴバルドの歴史』訳・注・解題（知泉書館，2016 年）

〔憧れのホメロス〕　　　　　　　　　　ISBN978-4-86285-298-4

2019 年 7 月 20 日　第 1 刷印刷
2019 年 7 月 25 日　第 1 刷発行

著　者　日　向　太　郎
発行者　小　山　光　夫
印　刷　藤　原　愛　子

発行所　〒113-0033 東京都文京区本郷1-13-2　株式
　　　　電話03(3814)6161 振替00120-6-117170　会社 知泉書館
　　　　http://www.chisen.co.jp

Printed in Japan　　　　　　　　　　印刷・製本／藤原印刷

西洋古典学の明日へ　逸身喜一郎教授退職記念論文集
大芝芳弘・小池登編　　　　　　　　　　　　　　菊/432p/8000 円

内在と超越の閾　加藤信朗米寿記念哲学論文集
土橋茂樹・納富信留・栗原裕次・金澤修編　　　菊/304p/4500 円

ピンダロス祝勝歌研究
小池　登　　　　　　　　　　　　　　　　　　菊/176p/4300 円

ソクラテスの哲学　プラトン『ソクラテスの弁明』の研究
甲斐博見　　　　　　　　　　　　　　　　　　A5/358p/6000 円

対話とアポリア　ソクラテスの探求の論理
田中伸司　　　　　　　　　　　　　　　　　　菊/270p/4800 円

イデアと幸福　プラトンを学ぶ
栗原裕次　　　　　　　　　　　　　　　　　　菊/292p/5000 円

プラトンの公と私
栗原裕次　　　　　　　　　　　　　　　　　　菊/440p/7000 円

善く生きることの地平　プラトン・アリストテレス哲学論集
土橋茂樹　　　　　　　　　　　　　　　　　　菊/416p/7000 円

『テアイテトス』研究　対象認知における「ことば」と「思いなし」の構造
田坂さつき　　　　　　　　　　　　　　　　　菊/276p/4800 円

プラトン『国家』における正義と自由
高橋雅人　　　　　　　　　　　　　　　　　　A5/370p/6500 円

アリストテレスの時空論
松浦和也　　　　　　　　　　　　　　　　　　菊/246p/5000 円

アリストテレス方法論の構想
山本建郎　　　　　　　　　　　　　　　　　　A5/264p/5000 円

プロティノスの認識論　一なるものからの分化・展開
岡野利津子　　　　　　　　　　　　　　　　　菊/224p/4000 円

平和なる共生の世界秩序を求めて　政治哲学の原点
加藤信朗　　　　　　　　　　　　　　　　　　四六/212p/2200 円

哲学中辞典
尾関・後藤・古茂田・佐藤・中村・吉田・渡辺編　新書/1402p/5200 円

《知泉学術叢書》

トマス・アクィナス 人と著作
J.-P. トレル／保井亮人訳　　　　　　　　新書／760p／6500 円

トマス・アクィナス 霊性の教師
J.-P. トレル／保井亮人訳　　　　　　　　新書／708p／6500 円

神学提要
トマス・アクィナス／山口隆介訳　　　　　新書／522p／6000 円

存在の一義性　ヨーロッパ中世の形而上学
ドゥンス・スコトゥス／八木雄二訳註　　　新書／816p／7000 円

東方教会の精髄 人間の神化論攷
聖なるヘシュカストたちのための弁護
G. パラマス／大森正樹訳　　　　　　　　新書／576p／6200 円

パイデイア（上）　ギリシアにおける人間形成
W. イェーガー／曽田長人訳　　　　　　　新書／864p／6500 円

キリスト教と古典文化
アウグストゥスからアウグスティヌスに至る思想と活動の研究
C.N. コックレン／金子晴勇訳　　　　　　新書／926p／7200 円

対話集
D. エラスムス／金子晴勇訳　　　　　　　新書／456p／5000 円

後期スコラ神学批判文書集
M. ルター／金子晴勇訳　　　　　　　　　新書／402p／5000 円

デカルト全書簡集〔全8巻〕
山田弘明他訳　　　　　　　　菊／346〜450p／6000〜7000 円

デカルト ユトレヒト紛争書簡集　(1642-1645)
山田弘明・持田辰郎・倉田隆訳　　　　　　菊／374p／6200 円

デカルトと哲学書簡
山田弘明　　　　　　　　　　　　　　　　菊／276p／5000 円

ヘーゲル全集 第11巻　ハイデルベルク・エンツュクロペディー (1817) 付：補遺
責任編集　山口誠一　〔第1回配本／全19巻・24冊〕菊／688p／9000 円

ヘーゲルハンドブック　生涯・作品・学派
イェシュケ／神山・久保・座小田・島崎・高山・山口監訳　B5／750p／16000 円

パイデイア（上） ギリシアにおける人間形成
W. イェーガー／曽田長人訳 　　　　　　　　　　　　新書／864p／6500 円

古典残照 オウィディウスと中世ラテン詩
柏木英彦 　　　　　　　　　　　　　　　　　　　　四六／192p／2600 円

ラテン中世の精神風景
柏木英彦 　　　　　　　　　　　　　　　　　　　　四六／144p／2200 円

新版 ペトラルカ研究
近藤恒一 　　　　　　　　　　　　　　　　　　　　A5／548p／8000 円

イタリア・モード小史
ムッツァレッリ／伊藤・山﨑・田口・河田訳　四六／308p＋口絵24p／5000 円

セアラ・フィールディングと 18 世紀流読書術
　イギリス女性作家の心の迷宮観察
鈴木実佳 　　　　　　　　　　　　　　　　　　　　A5／248p／4600 円

若きマン兄弟の確執
三浦 淳 　　　　　　　　　　　　　　　　　　　　A5／344p／5800 円

〈声〉とテクストの射程
高木 裕編 　　　　　　　　　　　　　　　　　　　A5／378p／6800 円

詩人と音楽 記録された唐代の音
中 淳子 　　　　　　　　　　　　　　　　　　　　A5／290p／5000 円

唐代小説「板橋三娘子」考 西と東の変驢変馬譚のなかで
岡田充博 　　　　　　　　　　　　　　　　　　　　A5／700p／8200 円

初唐の文学思想と韻律論
古川末喜 　　　　　　　　　　　　　　　　　　　　A5／416p／6200 円

杜甫の詩と生活 現代訓読文で読む
古川末喜 　　　　　　　　　　　　　　　　　　　　A5／330p／2800 円

唐代文人疾病攷
小髙修司 　　　　　　　　　　　　　　　　　　　　A5／196p／4000 円

平曲と平家物語
鈴木孝庸 　　　　　　　　　　　　　　　　　　　　A5／292p／5500 円

明治の漢詩人中野逍遙とその周辺 『逍遙遺稿』札記
二宮俊博 　　　　　　　　　　　　　　　　　　　　A5／344p／6000 円